노팅 힐 : 색

Noting Heal : Color

노팅 힐

차례

쓰기 위해 썼고,
다만 '용기'를 드립니다.

어둠조차 색이 있다. 검은색도 색이니까. 빛이 어둠을 걷어내고 나면 우리는 세상이 검은색 말고도 셀 수 없이 많은 색으로 이루어져 있음을 보게 된다. 그 수많은 색들은 저마다 고유한 느낌과 의미를 가지고 우리의 눈을 방문한다. 그런 색들을 맞이하는 일이 어릴 땐 참 쉬웠다. 10살의 나는 흙 위에 앉은 자그마한 연한 흙색의 달팽이도, 저 멀리 걸어가는 아주머니의 모자 끝에 조그맣게 적힌 글자의 색깔이 옅은 분홍색이라는 것도 분명히 알아보았다. 어릴 적 지칠 줄 모르고 읽던 소설책 안의 검은 글자들도 너무나 선명했다. 또렷함, 그것은 내 어린 시절의 색이었다.

세월이 흘러 나의 색은 많이 흐릿해졌다. 솔직하게 고백하자면, 책을 멀리하고 스마트폰이 뿜어내는 전자파에 눈을 혹사시켰기 때문이리라. 어디 나쁘랴? 주위를 둘러보면 청년들이 읽지 않고 쓰지 않는 시대가 온 것 같다. 가장 많이 읽고 가장 많이 써야 할 시기에. 대신 그들은 더 자극적이고, 빠르고, 편리하고, 오락적인 요소가 많은 쪽으로 눈을 돌렸다. 그 쪽에 존재하는 수많은 유혹 때문에 읽고 쓰는 일에 집중하기가 너무 어려운 세상이다.

그럼에도 불구하고 읽고 쓰는 일을 놓지 않기 위해 나름 여러 방법으로 애쓰며 살아왔다. 읽고 쓰는 일이 지금까지 인류 역사에서 사라지지 않고 계속되고 있을 만큼 중요한 행위라는 것을 잘 알기 때문이다. 스무 살의 가을, 여러 가지 일로 바쁜 일상이지만 어김없이 쓰는 자리에 나왔다. "책을 만들어보자!" 시작은 학생들에게 선한 욕심을 가지신 교수님의 제안이었다. 주제는 '색'이었고, 함께할 사람들을 모으기 시작했다. 그렇게 자신만의 또렷한 색을 되찾기를, 혹은 잃지 않기를 갈망하는 젊은이들 7명이 모였다. 글을 놓지 않고 살아온 우리 모두, '쓰자'는 공통된 목적 하나로.

주제를 한 마디로 말하자면 '색으로 펼쳐나가는 인문학적 통찰'이다. 각자 색을 하나 정해서 그 색이 자신에게 주는 느낌이나 그 색이 가진 의미 등 그와 관련된 것이면 무엇이든지 아이디어의 기점으로 삼아 인문학적인 생각을 글로써 펼쳐나가는 것이다. 글의 형식엔 제한을 두지 않았다. 문학이든 비문학이든 본인이 쓰고 싶은 글을 썼다. 때문에 이 책이 전시하는 내용물들은 매우 다채롭다. 시가 불쑥 등장했다가, 갑자기 소설이 나오고, 어느 땐 칼럼이 등장하기도 한다. 때문에 독자들은 '무슨 이런 책이 다 있지?'라고 생각할 수도, 정돈되지 않은 느낌을 받을 수도, 모든 것이 섞여있는 잡종이라고 생각할 수도 있다. 그렇다고 당황하지 말라. 그건 바로 우리가 의도한 것이다! 이 책은 그 어떤 갈래로도 단정지을 수 없는 '뷔페'식 책인 것이다. 하나의 색 안에서도 다양한 종류의 글을 접할 수 있도록 했다. (다만 아쉬운 점은 색의 개수에 비하면 지극히 한정적인 저자의 머릿수로 인해 더 많은 색깔을 담지 못했단 사실이다. 세상에 너무도 매력적이고 아름다운 색이 많아 눈을 돌릴 때마다 보이는 다른 색들에 이야기를 입혀주고 싶은 미련이 남는 건 어쩔 수 없다.)

늦가을에 시작해서 서로의 글을 합평하고, 보고 또 보고, 고치고 또 고치며 글을 완성시켜 나가던 그 해 겨울은 뜨거운 색이었다. 학생의 신분으로 책을 내보겠다는 도전은 결코 쉬운 일은 아니었다. 책을 만드는 일은 우리 모두 처음이었고, 시간도 부족했으며, 전문 강사 선생님 한 분 없이 우리 스스로 글을 첨삭해 나가느라 서툴고 버거웠다. 하지만 적어도 그 시간 동안 우리는 '스마트'한 세상에서 벗어나서 쓰고 읽을 수 있었다. 시간이 지날수록 내 안의 희미했던 색깔들도 뚜렷한 제 빛깔을 되찾아가는 것을 느낄 수 있었다. 씀으로써 치유되어 갔다.

우리는 마음을 따라 '썼다'. 부족하고 엉성하고 어리지만. 색은 단지 도구일 뿐, 이 책이 주는 진정한 메시지는 '누구나 작가가 될 수 있다'가 아닐지 조심스레 생각해본다. 비록 이 책 안에는 6가지의 색깔밖에 없지만, 우리가 그랬던 것처럼 이 책이, 우리가 하나의 색을 바라보며 시도한 무궁무진한 생각의 흔적들이 이후에 독자의 색 또한 또렷해질 수 있도록 도와주기를 간절히 바란다. 나아가 독자들에게도 '쓸 수 있는 용기'가 생긴다면 더 바랄 것이 없겠다.

마지막으로 청년들이 마음껏 생각을 펼치고 도전할 수 있도록 기회를 만들어주신 한곽희 교수님과, 나에게 큰 자극을 주고 겸손을 일깨워준, 글을 사랑하는 열정으로 마음을 다해 함께 수고한 이 책의 저자들, 그리고 이 책이 완성될 수 있도록 발 벗고 도와주신 박병철 교수님, 오지은 교수님께 마음속 깊은 곳에서 우러나는 뜨거운 감사의 말씀을 전한다.

하얀 마음으로, 강예원

프롤로그 ver.2

강예원

내가 원체 흰색을 좋아한다. 백조의 수면 위와 아래의 상반되는 모습처럼 흰색이 내겐 그렇게 모순적으로 다가왔다. 셀 수 없이 많은 요란한 색들, 그 어느 것 하나 같은 모습이 없는 아이들을 어딘가에 감추고 아무 일 없다는 듯이 홀로 얌전히, 우아하게 놓여있는 이 흰색이라는 결과물이, 그 시끄러운 뒷이야기들이 많은 흥미로운 서사를 던져준다. 재미있는 이야기를 많이 만들어낼 수 있을 것 같았다. 그래서 색이 주제로 떨어지고 오래지 않아 요 아이를 덥석 잡았다.

태양의 빛은 모든 색을 반사할 수 있다. 그 하얀 빛이 모든 색을 품고 있기 때문이다. 이러한 포용적이고 수용적인 흰색의 특징을 가지고 시를 쓰고 싶었다. 이 책 안에는 여러 색깔이 나온다. 그래서 그 모든 색들을 아우르는 흰색의 특징을 활용해서 이 책 전체에 대한 헌정시로 글을 시작하면 좋겠다는 생각이 들었다. 우리가 맡은 모든 색들이 귀하고 의미 있고 아름답다는 것을 표현하고자 했다.

'하얀 이야기'는 말 그대로 하얀 이야기로, 다 읽고 나면 무언가 하얀 기분이 드는, 하얀색이 떠오르고 머릿속의 어떤 배경이 온통 하얀색으로 채워지는 그런 소설을 짓고 싶어 탄생한 단편소설이다.

하얗고 순수하고 깨끗한 눈을 매개체로 이어지는 모녀의 이야기를 담았다. 이야기의 시간적 배경이 겨울이라 온통 눈으로 덮여 있는 이미지와 그 속에서 뛰어다니는 이윤희의 아이 같은 순수함이 흰색을 잘 나타내 주리라 생각했다.

마지막으로 '결혼? 각오하세요'는 '흰색'하면 연상되는 웨딩드레스에서 출발해 결혼으로 이어진 칼럼이다. 행복한 결혼생활을 위해, 성격차이라는 이유 혹은 끊이지 않는 불화로 이혼하지 않기 위해 결혼하기 전과 후 우리에게 필요한 자세가 무엇일지를 논하고 싶었다.

김나윤

나는 좋아하는 것이 참 많은 사람이다. 그리고 좋아하는 것에 대한 취향도 확고한 편이다. 좋아하는 음식도, 연예인도, 성격도 심지어 내 방 침대의 포근함까지 나만의 기준이 존재한다.

그 많은 취향들 속에서 난 아날로그적인 느낌을 꽤나 좋아한다. 특히 종이로부터 느껴지는 느낌을 좋아한다. 서로 포개어져 쌓여 있는 책들, 그 속에서 나는 종이 냄새와 종이들 위에서 사각사각 소리를 내며 써내려가지는 글자들은 나에게 높은 만족감을 준다.

하지만 난 책 말고도 재미있는 게 너무 많은 세상에서 태어났고 그 재미에 이미 물들어버렸다. 이 '물듦'에서 벗어나고자 아등바등 거리던 나에게 이 작품은 하나의 동아줄이었다. 이상향에 도달하기 위해 나는 걸음마를 뗐고 그 과정에서 내가 여태껏 무신경했던, 가치 없다고 생각했던 것들에 대해 의문점을 가질 수 있는 용기가 생겼다.

다짐하고 앞으로 나아갈 수 있도록 해주는 '첫 발걸음'을 시작한다는 건 참 어려운 일이다. 내가 이 글을 쓰면서 무언가를 얻었듯이, 누군가도 이 글을 읽으며 무언가를 얻어갈 수 있었으면 하는 바람이 전달되었으면 좋겠다. 또한 내가 남기고 그가 남기고 우리가 남기는 흔적들이 시대를 지나 계속 이어질 수 있도록.

남우담

'무슨 생각이 드는가?' 〈청신호〉를 읽으면서 첫째로 유념해 주었으면 하는 문장이다. 또한 읽은 후 습관처럼 머릿속에 남아있으면 하는 문장이기도 하다. 질문, 생각, 그리고 철학은 내가 해석한 인문학의 핵심이다. 둘째로는 하나의 진실 혹은 인문학의 가치에 관해서다. 가끔 인문학이 어디에 도움이 되는가, 혹은 왜 공부를 해야 하는가와 같은 질문을 흔히 들을 수 있다. 나는 인문학이 생각 외로 실용적이고 더 나아가 필수적이라 생각한다. 인문학이야 말로 세상의 잔인한 사실에 맞서는 데 큰 도움을 준다. 바로 '답이 없는 문제'가 생각보다 세상에 넘쳐난다는 사실. 어찌 보면 인문학이란 수많은 사람들의 노력의 산물이라 볼 수 있다. 세상에 존재하는 답이 없는 것 같은 질문들의 해답을 찾기 위한 노력들. 그 역사들을 모은 것이 인문학이라 할 수 있겠다.

같은 지구, 세상을 살아가는 인간으로서 우리는 분명 이 잔인한 현실에 부딪힐 수밖에 없게 된다. 세상을 향한, 자신의 인생을 향한 자신만의 해답을 찾는 여행에 필수품으로 당당히 인문학 책을 권한다!

황유라

보라색에 대한 고찰.

특별함. 보라색이 나에게 주었던 첫 느낌이었다. 그래서 글의 첫 소재로 보라색을 택했다.

남들과는 다르고 조금은 더 특별하기를 바라는 마음이었다. 보라색이 상징하는 고결한 신분에 대해 글을 썼다. 하지만 만족할 수 없었다. 글을 쓰면서도 전혀 재미있지 않았다. 그저 꾸며내기 형식의 글을 쓰는 느낌이었다. 남에게 내보이기 위한 글이었기 때문이다. 좀 더 나다운 글을 쓰기로 했다. 평소에 좋아했던 보라색이 자아내는 광적인 이미지에 중점을 두고 글을 썼다. 그럴듯하고 흥미로운 주제였지만 나를 만족시키지는 못했다. 그 또한 나의 이야기는 아니었으니까. 그래서 그냥 보라색이라는 '색' 자체만 생각해보았다. 그때 깨달았던 건 보라색은 그 어떤 색보다 평범하다는 사실이었다. 빨강색과 파랑색, 가장 대척점에 있는 두 색을 합쳐야 보라색이 나오듯 어쩌면 보라색은 가장 평범한 중간자의 입장을 대변할 수 있을지도 모른다. 그 생각에서 이 글이 시작되었다.

그동안 내가 보라색을 특별하게 생각했던 건, 혹은 여러분이 보라색을 특별하게 생각했던 건, 다른 이의 평범함을 평범하게 받아들이지 못했기 때문이지 않을까.

최현준

내 주제색은 검은색이다. 검은색, 혹은 Black 하면 어떤 생각이 가장 먼저 떠오르는가? 죽음, 차분함, 고급스러운 리무진, 턱시도 등등 여러 가지가 차례대로 찾아올 것이다. 나는 블랙 코미디가 가장 먼저 떠올랐다. 블랙 코미디는 사회비판, 비극, 괴로움 같은 부정적인 주제에서 웃음을 끌어내는 여유를 가진 희극의 한 장르다. 그 웃음이 비록 냉소적인 웃음일지라도 웃음 그 자체라는 긍정적인 의미를 지우지는 못한다. 나는 블랙 코미디를 상당히 좋아하고, 유명한 코미디언들의 영상을 보고 배우며, 직접 하는 것도 좋아한다. 그러나 아직은 좋은 블랙 코미디를 구사하기엔 부족하기 때문에 이를 배우려 노력하는 한 학생일 뿐이다. 내가 블랙 코미디를 좋아하게 된 이유가 있다. 내 짧은 삶에는 다른 사람과 마찬가지로 여러 굴곡이 있었다. 그 수월하게 험난한 길을 걸어오며 나는 다른 그 누구와 마찬가지로 인생에 대해 진지하게 생각하는 시기가 있었고 지금도 계속되는 중이다. 75억이 넘는 인구 중 단 한 명의 삶과(혹시나 다른 사람에게도 적용시킬 수도 있는), 삶의 방식이라는 가벼운 소재에 대해 여러 사람들과 의견을 나누고 싶었기에 이 글을 쓰게 되었다.

윤현지

회색. 우리가 살고 있는 도시를 색으로 나타내야 한다면 아마 회색이 아닐까 싶다. 침착하고, 차분하고, 또 잔잔한 회색. 조금 특이하다 생각할지도 모르지만, 회색은 나에게 위로가 되었던 색이기도 하다. 매일 같은 일상을 살아가는 도시의 한 아이에게 괜찮다는 말을 건네어준 색은 회색이었다. 때문에 처음 색으로 글을 쓰려 했을 때 나는 도시의 삶을 떠올렸다. 이 책에 실린 각자 다른 두 글은 그렇게 시작되었다.

늘 같은 삶을 살아도 조바심 낼 필요 없단다. 눈에 띄는, 밝은 사람일 필요도 없단다. 너는 그냥 있는 그대로의 너로, 지금처럼 그렇게 천천히 앞으로 나아가면 된단다.

모두 회색이 지금 글을 쓰고 있는 내게 건네준 말이다. 앞으로 나아가지 못해 불안해하던 나는 가끔은 멈춰서 쉬어도 된다는 사실을 알았다. 이렇다 할 특별한 점이 없어 고민하던 나는 있는 그대로의 모습만으로 충분히 특별하다는 사실을 알았다. 회색은 나조차도 모르던 나를 알게 했다. 만약 이전의 나와 같은 고민을 하고 있는 사람이 있다면 그에게도 회색을 권하고 싶다.

단 한 명이라도 좋다. 나의 글을 읽게 될 누군가가, 큰 특색은 없지만 늘 그 자리에 서 있는 회색으로부터 위로를 얻었으면 한다.

임하늘

하얀색은 모든 색을 합친 색이다. 넘치게 품은 것을 감당하기 힘든 듯 흰 것은 쉽게 검어진다. 언젠가 우연히 한 편의 영화를 보게 되었다. 평범한 주부가 어렸을 적 학창 시절을 회상하던 내용이었다. 영화를 다 보고 난 뒤 어머니의 설거지하는 모습이 괜히 낯설게 느껴졌다. 크든 작든 누구나 꿈을 갖고 태어난다. 나를 살아있게 해주는 것이며 원초적으로는 인간의 가장 당연한 권리다. 부모가 되면서 그들은 본인의 이름표 대신 누군가의 어머니, 그리고 아버지로 이름표를 바꿔 단다. 불안정한 그들은 부모라는 이름 하나로 더 불안정한 자식을 품는다. 자식의 모든 색깔을 품은 그들은 하얘진다. 그리고 자식은 그 하얀색을 더럽힌다. 누구나 태어날 때부터 부모인 줄 알았던 철없던 그때, 그 시기의 내가 검게 칠했던 부모님의 모습을 떠올리며 썼다.

흰
시

Noting Heal : Color

모두에게.

흰 시

강예원

흰,
나에게 와서
당신이 당신이길

갓난아기의 울음처럼 빨갛고
아이의 마음처럼 노랗고
젊은이의 기대처럼 파랗고
회색처럼 고민하는 당신
보라색처럼 튀지만
검은색처럼 겸손하며
남색처럼 은밀한 당신
연하고 진하고 밝고 어두운
카멜레온 같은 당신이
당신일 수 있기를

흰,
나는
당신을 품을 수 있는
태양 같은 종이가 되기를

하얀 이야기

Noting Heal : Color

to make it count!

- 영화 '타이타닉' 中 -

하얀 이야기

강예원

눈은 하늘에서 왔다. 하늘은 깨끗한가? 그래, 하늘엔 떠다니는 게 구름이요, 태양과 달이 세기가 변해도 꿋꿋이 교대근무하는 곳이요, 거기다 별까지. 인간의 손이 닿을 수 없는 곳. 무진장 깨끗하다.

아침에 일어나니 온 세상이 다 눈으로 덮여있다. 어제 싼 짐들과 여권을 챙기고 외투까지 야무지게 걸치고 나가 마당에 쌓인 첫눈에 맨 손을 대 보았다. 이 조그만 녀석이 하늘에서 땅에 닿기까지 얼마나 오랜 시간이 걸렸을까. 그 깨끗한 하늘을 뒤로 하고 땅에 차갑게 떨어지기까지 걸리는 이별의 시간. 우리 엄만 반대로 갔지만 거기는 따뜻할 거라고 인정하기까지, 난 참 그 시간이 길었다. 그곳이 아무리 깨끗해도 나 없으면 우리 엄만 따뜻할 수가 없다고, 나는 우리 엄마 이불이었다고. 애기 같았던 우리 엄마 그렇게 보내고 7년을 나는, 그렇게 미친 사람처럼 생각한 거다.

우리 엄마 이윤희씨는 눈을 그렇게 좋아했다.

"동희, 동희, 눈 와요, 눈. 예뻐요, 눈."

그녀는 그렇게 내 눈을 보며 얘기하곤 했었다. 그러면 나는 버릇처럼 대답했다.

"엄마, 엄마는 더 이뻐."

"동희, 하얘. 동희, 눈. 동희, 눈. 윤희 동희 눈이랑 오래 있자."

엄마는 더 하얘. 그래서 걱정이야. 세상엔 더러운 게 너무 많아서 너무 하야면 눈에 잘 띄잖아. 어차피 알아듣지도 못할 말. 속으로만 어물거렸던 말들. 해 줬으면, 뭐가 달라졌을까.

세상이 가혹한 건 사랑하는 사람일수록 그의 곁에 오래 있기 힘들다는 말이 내겐 피할 수 없는 사실이었기 때문이다. 나는 사랑하는 엄마를 위할수록 엄마와 떨어져 더 바쁘게 몸을 굴려야 했다. 늘 부족했던 우리 엄마, 고생만 한 우리 엄마. 난 돈 많이 벌어서 이 지긋지긋한 경제적인 어려움만 벗어나면, 그래서 엄마만 편해진다면 그게 행복인 줄 알았다. 그 목표 하나로 미친 듯이 일했고 덕분에 당시 내 회사의 운영 속도와 수익은 절정에 달해 있었다. 때문에 가정부 아주머니를 붙여야만 했다. 사랑하는 엄마를 위해.

그 며칠은 엄마를 달래느라 애를 먹었었다.

"동희 왜 이제 와요. 동희 없으면 무서워요. 동희 이제 가지 마요……."

엄마는 잘 울 줄 몰랐다. 그러나 그 날들은 달랐다. 매일 밤마다 우는 엄마를 어르고 달래고 겨우 진정시켜 품에 꼭 안고 자기까지. 그때는 그것만큼 힘든 게 없었다. 그러나 그 며칠이 지나고, 엄마가 흙으로 돌아가고, 법정에서 판사가 천천히 판결문을 읽어나갈 때는 내가 얼마나 아무것도 아닌 일에 힘들어했는지, 인간이 얼마나 별 것도 아닌 것에 의미를 두는지를 깨달으며 지난 날 나의 어리석음에 대한 경멸을 철저히 가슴에 지지듯이 새겨 넣었다.

"피해자에게 금고의 위치를 묻다가 대답이 없어 여러 가지 것으로 회유했지만 끝내 바라는 바를 얻지 못하자 칼을 휘두르며 협박했고 둔기로 머리, 가슴, 배, 등, 허벅지 등 온 몸을 수차례 구타했으며…… 순진한 피해자의 지적 수준을 이용, 피해자의 딸을 빌미로 협박하여 금고의 위치를 알아낸 뒤 붙잡는 피해자의 머리를 둔기로 가격하여 죽인 후 시신을 캐리어에 실어 동거인이었던 공범과 함께 쓰레기장에 유기했습니다."

검사의 설득으로 출석한 법정에서 마주한 가정부 아주머니의 얼굴은, 며칠 전까지 상냥했던 그 얼굴은 온데간데없고 누렇게 변색되어 마치 병든 쥐새끼 같은 얼굴이었다. 이렇다 할 행동을 취하지 않은 채 그저 빨간 눈으로 바닥을 응시하고 있었다. 그 얼굴의 색들은 죄책감에서 비롯된 것은 아니었다. 실패했다는 허탈감, 앞으로 닥칠 일들에 대한 피곤 섞인 염려. 그들의 내면에는 이미 그들이 그렇게 될 수밖에 없었던 이유가 너무 거대하게 자리잡아 진작 스스로를 용서한 듯했다. 더 놀라울 것도 없었다.

"돈이 필요하면, 말을 하지 그랬어요."

그러고 한참을 말을 잇지 못했던 것 같다.

"저희 엄마 몸이 좀 차요. 그래서 밤마다 제가 안고 자는데 며칠을 그러지 못해서……."

마른 입술을 몇 번 달싹였다.

"차가울 줄 알았는데 화장한 엄마의 골분은 따뜻했어요. 그래서 햇볕이 잘 드는, 하루 내내 양지인 곳에 묻었습니다. 지금처럼 계속, 언제나 따뜻하라고……."

목구멍에 쇠붙이가 박힌 듯 말끝이 흐려졌다.

"용서는 제 몫이 아니에요. 그건 엄마가 해야 하는 거고. 사실 나도 똑같아요. 하늘나라 가면 엄마가 나 용서해줄지 나도 모르겠어요. 난 평생 나 용서 못 할 거예요. 엄마가 그렇게 죽고 당신이 피해자인 척 기절로 위장해 있을 동안에도 난 아무것도 모른 채 이번 달 새 기획안에만 매달리고 있었어요. 제가 뭐라고 용서해요. 가해자가 정신분열증이 있다는 둥, 이런 저런 어쭙잖은 이유로 감형이 될 수도 있다는 소식을 검사님에게 전해 들었습니다. 공의가 바로 서야 한다는 생각에 어렵게 이 자리에 서게 되었습니다. 제 어머니는 정신지체장애 2급이고, 그런 제 어머니의 특성을 이용한 사실도 분명하고, 이 사례가 정의롭게 판결되어야 앞으로 저희 어머니와 같은 또 다른 피해자가 발생하지 않으리라 믿습니다. 확실한 처벌을 원합니다."

난 독하게 그들의 단죄를 바라면서도 동시에 나에게는 사형선고를 내렸던 듯싶다. 5번의 자살 기도였다. 모든 것이 나 때문이라고 자학했던 7년이란 시간은 그렇게 끝이 보이지 않는 터널에 갇힌 듯한 서늘하고 긴 시간이었다. 번번이 실패한 이유에는 엄마가 있었다. 죽으려고 할 때마다 엄마가 날 부르는 것 같아 그 무엇도 마음대로 되지 않았다. 정신병원도 퇴원하고 사업도 다 정리하고 시골에 들어가 나를 가둔 채 하루하루 숨이 끊어지지 않아서 살아가던 그런 나를 제정신이 들게 한 건 지금으로부터 3년 전, 수 천 킬로미터를 뚫고 후미진 촌구석으로 도착한 수북한 편지였다.

아주 오래 전에, 일정한 수익이 생기기 시작할 때부터 세상에 존재하는 또 다른 이윤희를 위하는 마음으로 해외 결연 프로그램에서 코트디부아르의 자브레라는 아이와 결연을 맺은 일이 있었다. 이 친구는 정신지체 3급이었고 훈련을 통해 사회에 적응 할 수 있는 수준이었다. 내가 7년 동안 사경을 헤매느라 저에 대해 까맣게 잊고 있을 때도 그 아이와 연결된 통장의 5만원은 꾸준히 그 아이에게 전달되고 있었던 것이다. 그 돈으로 교육을 받고 성장하여 이제 18살이 되었고 아이는 글을 쓸 수 있게 된 이후부터 꾸준히 나에게 편지를 보내고 있었던 것이다.

무책임했던 시간들이 스쳐 지나가자 아찔했다. 기억을 더듬어 다 낡아 떨어진 수첩에 박아 놨던 자브레의 첫 사진을 꺼내보았다. 후원자들에게 잘 보이기 위해 빳빳한 새 옷을 입히고 곱슬머리를 잘 빗어 넘겼다. 하얀색과 대비되는 선명한 구릿빛으로 그 아이는 웃고 있었다. 때묻지 않은 미소가 엄마의 그것과 닮았다.

그렇게 편지를 하나 둘씩 읽어나가기 시작했다. 마침내 가장 최근에 온 편지에 이르러 담담히 읽어 내려가던 중 난 숨이 멎을 것 같은 기분을 느꼈다.

안녕하세요 동희?

오늘은 수학 테스트에서 한 개 빼고 다 맞았어요. 공부가 너무 재미있어요. 항상 고마워요.

그런데 동희,

눈은 따뜻한 거 맞죠? 선생님께 여쭤봤더니 눈은 차가운 거라고 하는데 그건 선생님이 틀린 것 같아요. 난 꿈에서 처음으로 눈이라는 걸 봤는데 거기에 몸을 뉘었더니 정말 따뜻했어요. 눈이 따뜻한 걸 보니 눈을 보내준 하늘도 따뜻한가 봐요. 한국에 가면 눈을 볼 수 있다고 들었어요. 꿈 속의 친구 유니가 그랬어요. 언젠가 꼭 한국에 가보라고요.

유니는 나보다 더 말을 못해요. 그렇지만 항상 내 눈이 예쁘다고 칭찬해줘요. 다음에 한국에 가서 동희하고 살게 되면 이름은 유니로 할래요. 그때까지 아프지 마요, 동희. 사랑해요.

삐뚤빼뚤한 영자 위에 눈물이 후두둑 떨어졌다.

'올 수 있었으면서……'

그때, 마음으로 그런 약속을 했었던 것 같다. 자브레와는 평생을 함께 하겠다고. 절대 혼자 두지 않겠다고. 곁에 함께 있음으로 행복을 나누겠다고. 눈물로 지샜던 그날 밤, 나는 처음으로 엄마에게 용서를 빌었다. 그리고 3년이 흘렀다.

엄마는 항상 눈이 되어 내렸다. 나는 몰랐다. 손으로 눈의 알싸

한 촉감이 알알이 타고 올라와 전율이 되어 온 몸을 감쌌다. 이상하게 춥지 않았다. 눈시울이 붉어지려는 찰나 알람이 울린다. 이제 출발해야 한다.

눈이 오지 않는 나라에 눈을 만나러.

각오하세요

결혼?

Noting Heal : Color

S : 행복은 어디에 있습니까?

T : 괴로움에 있습니다.

S : 그렇다면 괴로움은 어디에 있습니까?

T : 행복에 있습니다.

결혼? 각오하세요

강예원

머리부터 발끝까지 하얀 웨딩드레스. 살면서 꼭 '한번쯤은' 입어 봐야 한다는, 여자들의 로망이자 아름다움의 정점을 찍는 그 옷, 웨딩드레스는 태양의 빛깔을 닮은 하얀색이다. 그리고 그 옆에 선 신랑의 턱시도는 신부와 극명하게 대비를 이루는 검은색이다. 워낙 허례허식에 젖어 결혼의 진정한 의미, 본질이 잊혀져 가는 요즘이지만 그래도, 신부와 신랑은 세상의 주인공이 된 듯한 행복에 취하기 전에 그들이 입은 옷의 색깔이 가진 의미를 진지하게 생각해볼 필요가 있다.

예복의 색깔이 가진 의미는 여러 가지로 해석될 수 있겠으나, 여기서 논하는 예복은 서양의 산물이고 따라서 그 지정된 색깔들이 서양에서 시작된 만큼 이 글에서는 예복의 색깔들이 뜻하는 서양의 기독교적인 의미에 집중해보고자 한다.

먼저 신랑의 예복은 왜 검은색이고, 그 색은 어떤 의미를 담고 있을까? 보편적으로 검은색은 '죽음'을 뜻한다. 기독교에서는 이 뜻을 그리스도의 '죽음'과 이를 본받은 신랑의 '죽음'을 가리키기 위해 차용했다. 이는 그리스도가 사람들의 죄를 대신해 십자가에서 죽어 그들이 구원받았으므로 신랑도 그리스도의 사랑을 본받아 결혼 이후부터는 신부를 위하여 죽으라는 결혼에 관한 기독교적 정신을 나타낸다. 신랑은 그런 뜻이 담겨있는 옷을 입음으로써 간접적으로 그리 살겠다고 선언하는 것이다. 신랑이 결혼식 날 신부를 위해 죽을 것을 선언한다? 이것은 단순히—물론 결코 단순하진 않다—표면적으로 드러나 보이는 뜻인 '신부를 대신해 목숨을 바친다'의 의미만을 뜻하지 않는다. 신랑은 신부 앞에 살아있는 존재여선 안 되며 신부를 위해서는 우선 자신을 죽여야 한다는 뜻이다. 자신의 성질, 자신의 입맛을 죽여야 하고 신부 앞에서 빨갛고, 파랗고, 보란 형형색색의 자신만의 기질을 보여서는 안 된다는 것이다. 그것이 못났든, 잘났든, 옳든, 그르든, 어떤 형태이든 말이다.

신랑이 자신을 죽이면 어떤 일이 벌어질까? 신부에게 화내지 않고, 험한 말을 하지 않고, 자신의 의견을 내세우지 않고, 자신을 자랑하지 않으며, 한평생 신부에게 상처 주는 일이 없다. 이런 일이 가능하냐고 반문할 수 있다. 그럼 나는 이런 일은 가능할 뿐더러 가능성의 여부는 사실 그렇게 중요하지 않다고 말할 것이다. 플라톤의 말처럼 이상적인 표본을 목표로 세워두고 그렇게 살기 위해 노력해가는 태도가 중요하다. 우리가 무엇에 맞추어 방향을 설정하고 노력하느냐에 따라 삶의 질이, 세상이 그에 맞게 변화될 수 있음을 우리는 알고 있다. 그렇기에 혹여 완전히 도달할 수는 없을지라도 언제나 우리가 나아가야 할 방향은 이상향을 향해 있어야 하지 않겠느냐는 말이다.

그럼에도 불구하고 현실성을 고집하는 사람을 위해 나는 해피가 정사역연구소 소장인 서상복 목사를 소개해주겠다. 보유한 상담자 격증이 10개가 넘는 부산법원상담위원이자, 이 밖에도 많은 직책으로 가정의 회복을 위해 활발히 사역하고 있는 서 목사는 결혼생활 26년 만에 부인에게서 "당신은 지금까지 단 한 번도 내게 상처를 준 일이 없다"라는 고백을 받았다. 그는 어떻게 살았기에 이런 인정을 받을 수 있었을까? 바로 완전히 죽었기 때문이다. 서 목사는 "자신이 죽었다는 사실도 몰라야 진정 죽은 것"이라고 말했다. 쉽게 말하면, 죽은 신랑은 죽었기 때문에 누가 더 수고했는지를 모르며, 죽었기 때문에 자신이 더 참고, 희생하고, 노력하고 있다는 사실도 모른다. 또한 죽었기 때문에 '내가 신부를 위해 이렇게 죽었다'라는 사실까지 모른다. 완벽한 죽음, 완벽한 겸손. 신부를 위해 완전히 낮은 자의 자리에 머물며 신부를 섬기는 것, 이것이 바로 결혼이 신랑에게 내리는 임무이다.

그렇다면 신부의 웨딩드레스는 왜 흰색일까? 이 색이 가진 기독교적인 의미에는 그리스도의 사랑과 희생으로 희어짐을 받은 후 신랑과 결혼해 한평생 신랑만을 사랑하고 순결을 지키며 신랑의 모든 것을 수용한다는 뜻이 담겨있다. 흰색의 특징은 '수용성'이다. 흰 스케치북에 크레파스로 그림을 그리면 그 종이 위에는 우리가 색을 입히는 대로 흔적이 남는다. 바탕이 하얗다는 것은 그 위에선 어떤 색깔이든 그 색깔대로 보일 수 있게 된다는 것이다. 흰색은 그 색깔을 방해하지도, 거부하지도, 마음대로 변질시키지도 않는다. 자신의 품 안에서 그 색깔이 온전할 수 있도록 그대로 받아들인다. 이를 신부에게 적용시키면 신부는 자신의 색을 내려놓고 자신을 신랑에게 맞춘다고 얘기할 수 있다. 자신의 선택으로 삼은 신랑이 라는 전제하에, 신랑이 자신의 색깔의 주인임을 인정하고 신랑의 뜻에 맞추고 섬기는 겸손. 신랑이 원하고 좋아하는 것을 받아들이고, 이해하고, 인정하며 또한 자신의 일부로 여기는 사랑. 그것을 함께함으로써 즐거움을 나누며 신랑을 행복하게 하는 지혜가 기독교에서 흰색 예복을 통해 말하고자 하는 신부의 역할일 것이다.

종교적인 의미가 거북하다면 그것을 떼어놓고 보아도, 이상적인 결혼생활을 위해서는 신랑은 신부를 위해 자신을 죽여야 하고 신부는 남편의 색깔에 자신을 맞추어야 한다는 메시지가 남는다. 이로부터 결국엔 누가 먼저랄 것 없이 자신을 포기하고 죽이기까지 희생하고, 서로가 서로를 섬기고 사랑해야 한다는 보편적으로 선한 가치에 해당되는 교훈을 얻을 수 있다. 서로가 서로를 섬기기 때문에 누구도 상대방의 위에 있지 않고 평등하다. 절대 쉽지 않은 일이다. 다시 말하지만 이런 평화를 얻기 위해 우리는 '자신을 죽일 정도의 노력'을 해야 하는 것이다.

이런 뜻이 자신의 가치관에 맞지 않는다면 이 옷을 입지 않고 자신의 뜻에 맞는 예복을 준비해 입거나, 같은 양식의 예복이라도 다르게 해석되는 의미에 집중하면 그만이다. 하지만 일생에 한번뿐인 예식에 입을 옷인 만큼 적어도 스스로 입고자 선택한 예복이 한편에서는 이러한 의미를 가지고 있다는 것을 알아둘 필요는 있을 것이다. 그러나 우리는 모른다. 많은 사람들이 자신이 입은 의복의 의미와 존재 이유조차 모른 채 꽤나 가벼운(?) 마음으로 식을 올린다.

그럼 한번 물어보자.

그 의미심장한 예식 뒤에,
과연 남자들은 죽었는가?
과연 여자들은 자신의 색깔을 내어주었는가?

"왜 결혼하세요?"

　언제 결혼하냐는 질문은 받아봤어도, 왜 결혼하느냐는 질문은 스스로도 잘 던지지 않는 생소한 질문일 것이다. 우리는 왜 결혼하는가? 나는 앞뒤 없이, 단순히 '행복하기 위해서'라는 답을 내놓는 사람들에게 감히 그것은 착각이라고 말해주고 싶다. 사람들은 쉽게 착각한다. 결혼은 사랑하는 사람과 함께하는 더 나은 삶, 더 행복한 삶을 위해서 하는 것이고 결혼이라는 행위가 자연스럽게 그 결과로 이끌어 줄 것이라고 말이다. 이 세상에 존재하는 숱한 이별의 원인은 아마도 여기에 진원지를 두고 있을 것이다. 통계청에 따르면 한국에서는 작년[1]에만 10만 7328명의 사람들이 이혼했다. 혼인건수는 점점 줄어드는 추세인데 말이다.

이혼사유별 순위

19.9
0.6
3.6
6.2
7
7.4
10.2

45.2%
1위 성격차이
(48,560건)

■ 1위 성격차이 (48,560건)
■ 2위 경제문제 (10,928건)
■ 3위 가족간불화 (7,927건)
■ 4위 배우자부정 (7,564건)
■ 5위 이유불분명 (6,624건)
■ 6위 정신적/육체적학대 (3,812건)
■ 7위 건강문제 (605건)
■ 기타 (21,308건)

참고: 통계청2017자료

―
1) 2016년.

2017년 통계청의 이혼사유별 순위에 대한 위의 자료를 보면 기타를 포함한 총 8개의 사유 중 성격차이가 1위로, 45.2%나 된다. 웃지 못할 일이다. 이 자료는 앞에서 장황하게 설명했던 신랑과 신부의 임무를 정말 많은 사람들이 성실히 수행하지 못하고 있음을 증명해주는 것으로 보인다.

신랑이 죽지 못하고 신부가 자신의 색을 버리지 못함으로 터져 나온 문제인 '성격차이'는 이렇듯 결혼 생활에 큰 장벽이 된다. 나와 성격차이가 없는 상대가 어디 있겠는가? 상식과도 같은 사실인 사람들간의 성격차이가 이렇게 결혼생활의 큰 장애물로 대두되는 이유는 그럼 무엇일까? 결혼 전과 결혼 후 배우자의 성격이 갑자기 달라졌기 때문일까? 아니다. 보지 못했던, 혹은 보지 않았던 면면들이 보이기 시작했기 때문이다. 흔히 결혼 전까지는 서로가 가면을 쓰고 있다고 말한다. 의도적이든 아니든 말이다. 상황이 그렇게 만드는 것일 수도 있다. 이유야 어쨌든, 연애 기간 동안에 우리가 상대방을 완벽하게 알기에는 분명 한계가 있다. 나 자신을 알기도 어쩌면 평생을 두고 볼 일인데 하물며 그에 비하면 단기간인 결혼 전의 연애기간 동안 어떻게 자신도 아닌 다른 한 인생을 완벽히 파악할 수 있겠는가? 불가능에 가깝다. 결국 같이 살면서 알아가고 맞춰갈 수밖에 없는 것이다.

이런 사실에 대한 인식 없이, 준비 없이 초반의 그 뜨거운 감정이 주는 달콤함에 취해 환상에 사로잡혀 결혼을 하다 보니 결혼 후에야 삶의 일부가 된 그 남자, 그 여자의 허물들이 보이기 시작한다. 면역력이 없는 상태에서 그것들을 마주하다 보니 쉽게 실망하고, 지치고, 견디다 못해 결국 결혼 생활의 종지부를 찍게 되는 것이다. 이렇게 자료가 증명해주듯 성격차이는 수많은 사람들이 끝내 극복하지 못한 난공불락적인 요소이며 그런 차이가 주는 고통을 우리는 결혼 후 직면하게 될 것이다. 예외는 없다. 누구나 거쳐야 할 관문이라면, 그렇다면, 우리는 결혼 전에 무엇을 준비해야 하겠는가?

결혼은 행복해지기 위해서 하는 것이 아니다. 결혼 후의 인생이 예쁘고 아름답고 행복할 것이라고 생각하는 것은 환상이다. 결혼은 인간성을 완성시켜가는 길 위에 본인을 세워두는 것이다. 인생이라는 긴 수평선 위에서 인간은 여러 단계를 거치면서 성장하고 성숙한다. 결혼 또한 인생의 한 단계로—의무는 아니지만—, 자신을 담금질해줄 좋은, 때로는 고약한 대장장이자 시험대다. 결혼을 한다는 건 더 성숙한, 더 나은 사람이 되기 위해 그 시험대 위에 올라가는 것이다. 때로는 처절하다. 나와 전혀 다른 사람, 다른 환경에서 자라온 다른 생각을 가진 사람과 하나가 되어야 하는 일을 배우는 시험대. 결국 그런 어려운 과제가 던져진 시험대에서 아직 서로의 민낯을 보지 못한 그 첫 감정에 취해 마냥 행복해지길 기대하는 것이 좋은 준비자세일 리 없다.

시험을 치르기 전에 우리는 어떻게 하는가? 시험을 감당할 수 있도록 본인의 역량을 먼저 그 수준에 맞게 끌어올린다. 치밀하게 예상하고, 빈틈없이 공부하고, 암기하고, 응용하고, 본인을 밤낮없이 괴롭힌 다음에야 우리는 비로소 시험대에 자신을 내세운다. 본인을 준비시키는 과정이 더 밀도 있고 치열할수록 종종 더 좋은 결과를 만들어 낸다.

결혼도 이와 마찬가지인 것이다. 그러므로 '성격 차이'라는 이유로 이 시험에서 탈락하지 않기 위해 첫째, 우리는 알아야 한다. 현혹되기 쉬운, 사람을 기분 좋게 만드는 환상이나 착각에서 벗어나 결혼 생활은 상대방의 가시조차 사랑으로 끌어안을 수 있어야 합격할 수 있는 치열한 시험대라는 것을 인식하는 게 먼저다. 그 후에, 그렇게 할 수 있도록 결혼 전까지 자신이 할 수 있는 최대한의 노력으로 본인을 성숙한 사람으로 준비시키는 과정이 반드시 필요하다. 그리고 드디어 마주하게 될 실전에서는 서로 어긋나는 부분이 있을 수밖에 없으며 여전히 자신이 성숙해가는 과정에 있다는 사실을 받아들이고, 그렇기에 상대방의 허물이 벗겨지는 순간들에 일일이 당황하지 말고, 자신도 똑같이 부족하다는 것을 명심함으로써 마음을 다스려야 한다. 그리고 결혼식에서 그 예복을 입음으로써 맹세한 것처럼 신랑은 자신을 죽이고, 신부는 신랑에 자신을 맞춰가는 실천을 해나가면 될 것이다.

여기까지다. 이제 글을 맺고자 한다. 이 글이 향하는 대상은 언제까지나 성격 차이에 이별의 이유를 두는, 혹은 미래에 두게 될지도 모르는 사람들에 한한다. 45.2%. 그들은 다수다. 성격 차이는 결코 시시한 이유가 아니라는 뜻이다. 언제나 사람과 함께 하는 일이 가장 어려운 법 아니겠는가? 더욱이 결혼은 한 사람과 한평생을 함께한다는 결정인 만큼 더 각오해야 할 것이다. 그러나 그만큼 인간관계에서 이루어내는 열매는 위대하고 아름답다고 나는 믿는다. 고생 끝에 낙이 있다고 했던가. 그 모든 것을 온 마음과 몸과 정성으로 다한 후에, 사람들은 행복이라는 성적을 기대해도 좋을 것이다.

노 란

흔 적

항상 존재해왔고 앞으로도 그럴 것이란 믿음은
우리 의식 속의 존재를 흐리게 만든다.

노란 흔적

김나윤

1. 아픔과 비극에 대한 위로

　직접 비극을 경험하지 않더라도 우리 주변에는 항상 비극이 존재한다. 우리는 아픔을 겪는 사람들을 위로하려고 하지만 쉽사리 다가갈 수조차 없다. 그들을 이해하지 못하고 겉으로만 다가간다면 되려 그들에게 더한 상처를 줄 수 있기 때문이다. 이럴 때 우리는 종종 말이 아닌 하나의 물결로 위로의 의미를 전달한다. 그것은 하나의 행동일 수 있고, 하나의 마음일 수도 있다. 소소한 개인의 행동이 모이고 그것이 하나의 큰 의미가 되어 그들의 뒤를 지켜준다. 최근에 나는 이러한 물결을 보았다.

　2014년 4월 16일 국내에서 안타까운 사건이 일어났다. 학교에서 수학여행을 가다가 발생한 사고. 당시 학생이었던 나에게도 충분히 일어날 수 있는 사고였다. 남 일 같지 않은 일에서 오는 현실감과 무차별적인 언론 보도, 번복되는 뉴스 기사들은 제3자인 내 마음마저 갈가리 찢어버렸다. 시간이 지나면서 "과연 무엇이 유가족들을 위로할 수 있을까"라는 생각이 들었다. 이미 많은 일들이 그들을 쉽사리 일어서지 못하게 만들었다. TV 속의 그들은 무기력하고 인생의 방향을 놓쳐버린 듯싶었다. 하지만 조그만 구석에서 이미 물결은 출렁이기 시작했다. 그들의 아픔을 전부 공감하고 싶지만 그러지 못하는 미안함, 희생자들의 무사귀환을 바라는 의미로 노란 리본 이미지가 제작된 것이다. 한 동아리에서 시작된 마음이 전국을 넘어 세계의 마음이 되었다.

노란 리본을 매다는 것은 소중한 사람을 기다린다는 의미가 담겨 있다. 이 의미는 한 민담에서 알 수 있다. 복역을 끝마친 전과자는 집으로 가기 전, 자신의 아내에게 편지를 보낸다. 못난 사람이지만 자신을 용서해주고 만나길 바란다면 기찻길 옆 큰 사과나무에 하얀 손수건을 매달아 달라고 요청했다. 기차가 그의 마을에 도착했을 때, 그는 기찻길 옆 사과나무에 수많은 리본이 매달려 있는 것을 보며 눈물을 흘렸다.

리본을 매단다는 것은 돌아옴에 대한 환영, 기다림을 의미하게 되었다. 직접 팽목항으로 내려와 그들의 손과 발이 되어주는 사람들도 있지만 사정이 되지 않는다면 노란 리본으로라도 그들의 마음을 전달했다. 누군가는 노란 리본 하나 달았다고 추모를 한다는 사실이 우습다고 말할지도 모른다. 하지만 유가족들은 리본을 보며 힘을 얻는다고 말한다. 잊지 않고 같이 기억해준다는 사실이 혼자가 아니란 걸 깨닫게 해준다고 말한다. 노란 리본은 3년 동안 서로의 아픔을 품어주고 같이 기억하는 사람들을 연결해주는 소중한 끈이 되었다. 하나의 색깔로 그 아픔을 잊지 않고 자 하는 일은 국내에서뿐만 아니라 해외에서도 종종 볼 수 있다.

1979년 미국 대사관 인질 사건을 아는가? 이 사건은 민중들의 반미 감정과 이란 사회에 만연해 있는 서구사회의 문화를 반대하고 이슬람 본연의 모습으로 돌아가자는 생각의 결정체라고 볼 수 있다. 그 당시 이란 국민들은 독재 정부인 팔라비 왕조를 지지해주는 미국에 반감을 가지고 있었다. 잦은 시위가 반복되고 유혈사태가 지속되다 결국 대규모 반정부 시위가 벌어지게 되었고 팔레비 국왕은 해외로 망명했다. 이 과정에서 미국은 국왕의 입국을 허가해주었고, 이란의 국왕의 신병 인도 요청을 거부하였다. 이에 분노한 과격파 학생 시위대가 미국 대사관으로 난입해, 약 60명의 미국인을 인질로 잡은 사건이다. 인질들은 444일 동안 억류되어 있었다. 이 기간 동안 사람들은 그들의 무사귀환을 소망하며 노란 리본을 걸어 놓았다. 인질들의 안전을 걱정하며 하루하루를 고통스러워하는 가족들에게 힘이 되어주고자 하는 마음이었다. 이렇게 색깔은 단순한 색채가 아닌 사람들의 감정을 표현하는 매개체가 되기도 한다. 또한 우리는 이러한 위로의 방향을 남이 아닌 나에게 돌리기도 한다.

물론 노란 리본을 다양한 의미로 받아들이는 경우도 존재한다. 그것이 무조건 잘못되었다고 할 수는 없다. 하지만 그전에 노란 리본의 본연의 뜻을 잊어버려선 안 된다. 이 리본은 그들의 편안함을 기원하며 기억하는 것이다. 단지 점점 변화하는 상황들이 노란 리본 의미를 변질시키고 퇴색시켰을 뿐이다. 이 상징을 불편해하고 외면하기 전에, 안에 담겨있는 사람들의 간절하고 소중한 마음들을 한 번 더 생각했으면 한다. 누군가의 안녕을 기원하고 기억하는 것들이 불온과 금기가 되어서는 안 된다.

2. 색깔이 주는 정신적 효과

당신은 그림을 바라볼 때 안정감을 느낀 경험이 있는가? 전문가들은 특정한 색감이 인간에게 안정감을 느끼게 해준다고 말한다. 안정감은 때론 그 자체만으로 예술작품이 되고, 사람들의 마음을 사로잡는다. 그것에서 인간은 위안을 느끼며 더 나아가 마음속의 이상으로 만들고자 한다. 뿐만 아니라 색깔로 자신의 생각을 기록하고 전달하고자 한다.

19세기의 네덜란드 화가인 '빈센트 반 고흐(Vincent van Gogh)는 색으로 자신의 세계를 표현해왔다고 할 수 있다. 그는 특히 노란색으로 자신이 느꼈던 따스함, 자신의 이상향을 표현했다. 그러나 고흐는 불행의 아이콘이라는 타이틀을 가지고 있다. 후세에서 바라보는 반 고흐의 인생은 그렇게 순탄치 못했기 때문이다. 실제로 그는 태어나는 순간부터 죽음의 그늘에 늘 가까웠다고 볼 수도 있다. 그에게는 태어나기 전에 죽은 형이 있었다. 형의 이름 또한 '빈센트 반 고흐(Vincent van Gogh)'였다. 아버지는 태어난 고흐에게 형의 이름을 주었고, 그는 항상 자신이 죽은 형의 삶을 대신 살아가고 있다고 생각했다. 이러한 일은 그가 죽음에 대해 깊이 고찰하는 토대가 되었고 자신의 존재에 대해 갈망하는 계기를 주었다고 볼 수 있다.

지금 거리에 나가서 사람들에게 '빈센트 반 고흐를 아세요?'라고 물어본다면 모른다고 대답하는 사람이 몇 명이나 될까? 하지만 고흐는 살아생전 유화 1점만을 팔 수 있었다. 그의 재능을 알아봐 주는 사람은 쉽사리 나타나지 않았고, 생애를 빈곤과 병으로 보냈으며, 그의 사랑은 거의 비극적으로 끝을 맺었다. 대부분의 사람들이 알고 있는 그의 삶엔 화사한 색감 따윈 잘 느껴지지 않는다.

내가 문자상으로 느끼는 고흐의 삶 역시 결실이 없는 비극적인 일대기로 밖에 다가오지 않는다. 그는 자신이 하고 싶은 일을 하면서 살았지만 아무도 그에게 관심과 칭찬을 주지 않았다. 그저 지나가는 수많은 화가 중 한 명으로 바라볼 뿐. 그에게 의지할 가족은 동생 테오와 안나가 전부였을 것이다. 그는 자신이 마음과 생각을 공유하고 의지할 동료들을 찾았지만 그 기대와 희망들은 그리 오래가지 못하였다.

고흐의 많은 흔적들은 아픔과 절망을 담고 있다. 내가 고흐였다면 나를 이해해주는 사람이 없다는 것이 외롭고 원망스러웠을 것이다. 어쩌면 신 또한 원망스러웠을지도 모르겠다. 이겨냈을 수 있다는 확신도 방법도 떠오르지 않았을 것 같다. 하지만 그는 그림으로 그 마음을 표현했다. 고흐의 작품에선 그가 변해가는 과정을 생생히 느낄 수 있다. 전문가들은 이 과정을 크게 다섯 가지로 나눈다. 그 당시 거주하던 지역, 유행하던 화법, 고흐가 가지고 있던 관심사에 따라 분석하고 파악할 수 있다. 그의 작품을 시대별로 쭉 살펴보고 있으면 마치 반 고흐의 기분과 마음이 느낄 수 있는 것 같다. 그래서 나는 그의 작품 속 색감과 함께 당시 그의 발자취를 따라가 보고자 한다.

네덜란드에서 거주했을 당시(1881~1885)의 작품들은 어둡고 침침한 분위기가 주를 이룬다. 〈난로 옆의 농부〉(왼쪽), 〈감자 먹는 사람들〉(오른쪽)이란 작품들을 보면 알 수 있듯이 어둡고 강한 계열의 색채를 주로 사용했다. 그는 그 당시의 구조가 진정한 예술을 추구하며 예술가를 양성하는 것이 아닌 엘리트 중심적인 구조라는 것에 회의감을 느끼고 있었고, 미술을 통해 소외받는 사람과 사랑에 대해 표현하고자 했다. 이후 고흐는 파리(1886~1889)로 이주했다.

〈밀짚모자를 쓴 자화상〉(왼쪽), 〈자화상〉(오른쪽)

고흐는 총 36점의 자화상 중 27점을 이 시기에 그렸다. 그는 자화상을 많이 그린 화가에 빠짐없이 언급되는 화가이다. 고흐는 왜 그렇게 많이 자신의 얼굴을 화폭에 담았을까. 아마도 가난한 화가였던 그에게 자신은 유일하게 마음껏 그릴 수 있는 모델이었을 것이다. 그러다 그에게 자화상은 단지 마음껏 연습할 수 있는 그림에 불과했을 뿐 아무 의미도 없었을까라는 궁금증이 생겼다.

과연 그에게 자화상은 무슨 의미였을까. 나는 고흐가 아니기에 정확히 정의 내릴 수 없다. 하지만 그건 불완전한 자기 자신에 대한 인식의 몸짓이 아닐까 생각한다. 그는 섬세하고 예민한 감수성을 가지고 있었다. 따라서 많은 자화상을 그리면서 자신을 찾는 여정을 한 것이라고 본다.

'나'의 얼굴임에도 불구하고 대부분의 우리는 자신의 얼굴을 직면하지 않는다. 항상 존재해왔고 앞으로도 그럴 것이란 믿음은 우리 의식 속의 존재를 흐리게 만든다. 바쁜 삶 속에서, 미쳐 신경 쓰지 못한 사이 '나'는 순식간에 지나가버린다. 가끔 제대로 바라본 내가 어색하고 낯설게 느껴지는 것처럼 말이다. 아마 고흐는 이 과정을 직면하고 있었던 것이 아닐까. 덧없이 지나가버리는 자신의 모습과 마음들을 화폭에 비추어가며 관찰하고 수정하고 덧칠하면서 말이다.

또한 이러한 모습이 '고흐는 자의식이 강하다'라는 말들로 비추어진거라 생각된다. 자의식이 강하다는 것은 자기 자신을 아는 것, 외적인 요소를 제외하고 순수하게 자신의 내면만을 탐구하고 아는 것을 의미한다. 고흐를 보며 우리는 살아가면서 온전히 자기 자신을 직면할 기회가 얼마나 있었나 한번 생각해보자. 아마 대부분 자신을 바라보고 있을 시간 같은 건 없을 것이다. 하루에 3번만 하늘을 봐도 여유를 가진 사람이란 말이 존재하는 것처럼 우리는 스스로에게 야박하다. 우리에겐 스스로를 한숨 돌리게 해줄 여유가 필요하다. 자신의 모습을 바로 본다는 것은 자신의 내면에 대한 탐구를 하는 것이다.'나'를 바라본다는 건 끊임없이 성찰하고 의문을 제기하는 행위이다. 거울 속에 비치는 모습은 분명 나 자신이지만 또 다른 낯선 '나'가 보인다. 자화상은 두 가지 사이의 차이를 받아들이고 고백하는 과정이라고 볼 수 있다.

고흐는 곧 '아를'이란 곳으로 이동한다. 아를의 분위기와 밝은 태양은 고흐를 매료시켰다. 이 시기의 작품들은 초기의 어두운 분

위기와 달리 노란색과 밝은 계열이 주를 이루었다. 그는 아를에서
생활하면서 자신의 이상향에 대해 그린다.[2]

　그에게는 자신만의 소망이 있었다. 바로 화가들이 모여서 서로의
경제적 문제를 해결하고 돕는 공동체를 구성하는 것이었다. 고흐는
그 계획을 '노란 집'에서 구체화하고자 했다. 그에게 노란색이란,
아를의 아름다운 태양빛을 넘어선 우정과 사랑의 따뜻함이었다. 그
는 화가들이 서로 돕고 발전하기를 원했다. 그리고 그 배경이 될
노란 집을 꾸미며 많은 기대를 걸었다. 그러나 고흐의 희망과 달리
노란 집에 온 화가는 고갱이 유일했다. 그래도 기뻤던 고흐는 고갱
을 맞이해 많은 해바라기들을 준비해 놓았다. 그 당시 고갱의 회상
에 따르면 고갱의 방에는 노란 배경 속 많은 해바라기들이 노란

2) 1888년에서 1889년 사이

화분에 심겨 있었다고 한다. 또한 4점의 해바라기 그림과 노란 커튼들은 그의 방을 따스한 오후처럼 느껴지게 해주었다고 했다. 아마 고흐에게 해바라기는 희망과 새로운 시작에 대한 열정의 표시였을 것이다.

　하지만 곧 그들의 사이는 외줄타기를 하는 것처럼 위태로워졌다. 여러 의견 차이를 겪다가 결국 둘은 크게 다투게 되고 집을 나와 각자의 길을 걷게 된다. 그 이후 고흐는 스스로 정신의 불안정함을 느끼고 생레미(1988~1889) 정신병원으로 가게 된다. 병원에서도 그는 계속 그림을 그려나갔다. 환자들을 대상으로, 여건이 되지 않을 때는 대가들의 작품을 다시 그렸다. 무려 이 시기에 그린 그림이 150여가지나 된다. 모순적이게도 발작 등 정신이 불완전한 상태에서 그는 후세에 높게 평가받는 걸작을 만들어낸다.

이 그림은 그의 대표적인 작품 중 하나인 〈별이 빛나는 밤〉이다. 이 시기에 반 고흐는 스스로에 대해 많은 걱정거리를 가지고 있었다. 동생이 감당하고 있는 경제적 부담, 자신의 정신건강 악화에 대한 두려움 등으로 그는 더욱더 작품 자체에만 몰두한다. 위의 그림을 보면 전체적으로 어두운 계열이지만, 무겁게만 느껴지지는 않는다. 오히려 어두운 배경 위에 밝은 별과 구름은 은은한 느낌과 왠지 모를 묘한 평화로움까지 느끼게 한다. 마치 자신의 두려움 위에 방향을 잃지 않기 위한 밝은 등불을 켜놓은 듯한 모습처럼 느껴진다. 이 모습은 고갱과의 불화로 많은 희망의 등불들이 꺼졌으나 아를에서 만난 몇몇 사람들과 좋은 관계를 유지하고 있는, 여전히 희망이 존재하는 자신의 세계를 의미하는 것 같다. 생레미 병원에서 통원진료를 받던 그는 그곳에서 떠나기를 희망했다. 그는 곧 오베르로 이주한다. 고흐는 이곳에서 스스로 생을 마감한다.

고흐는 일생을 색깔과 함께했다. 인생의 큰 시기마다 나타나는 여러 색깔은 그 당시 그의 감정과 심경 변화에 대해 더 많이 이해할 수 있게 도와준다. 고흐의 작품들은 뒤로 갈수록 노란색을 주로 다룬다. 이에 대해선 많은 주장들이 존재한다. 그 중 하나는 노란색의 등장이 그의 불안정 마음을 표현하고 위로받기 위해서가 아닌 황시증에 인한 것이라는 주장이다. 고흐가 자주 마시던 압생트의 성분인 테레반이 시신경의 파괴를 초래해 황시증을 유발했다는 것이다. 이 병은 색깔이 변색되어 보이는 색시증의 한 종류로, 많은 사물들이 노랗게 보이는 것을 의미한다. 고흐가 황시증에 걸렸다면, 그의 세상에는 많은 노란색들이 존재했을 것이고, 실존하는 노란색들과 섞여 더 많은 영감을 주며 그를 사로잡았으리라 생각된다. 무엇으로 해석하던 노란색에 고흐의 특별한 감정이 포함된 것은 의심할 수 없다. 힘듦을 표현하는 보편적인 색깔을 뒤집으면서 그는 우리에게 자신의 오묘한 마음을 담은 그림비행기를 날린 게 아닐까.

3. 보편적인 생각을 뒤엎는 것

내가 가장 따뜻하다고 느끼는 색은 노란색이다. 노란색은 너무 밝지도 너무 어둡지도 않다. 내 세상 속의 노란색을 표현하자면, 푸른 하늘을 보며 뽀송뽀송한 이불에 둘러싸여있는 것이다. 너무 밝아 쨍하지도, 너무 어두워 가라앉지도 않은 노란색들이 이불 끝부터 물들며 마치 엄마처럼 괜찮다고 감싸 안으며 위로의 말을 건네는듯했다. 노란색은 그런 느낌이고 존재였다.

누군가 나에게 물었다. "네가 가장 좋아하는 색깔의 부정적인 느낌을 생각해봐" 흥미로운 질문이라고 생각했다. 동시에 그리 어렵지 않을 거라 생각했다. 아무리 좋아하는 색깔이지만 세상에는 좋은 것만 가지고 있는 것은 존재하지 않는다는 걸 잘 알기 때문이다. 하지만 하루 종일 노란색의 부정적인 느낌에 대해 생각해봤지만 단 하나의 생각도 나지 않았다. 20년을 살아오면서 나에게 노란색은 항상 좋은 느낌으로만 다가왔기 때문이다. 머릿속으로만 이해하고 있었을 뿐 마음으로는 느끼지 못하니 아무것도 생각나지 않았다. 도저히 스스로 생각해 낼 수 없을 것 같아 인터넷으로 찾아보았다. 생각보다 많은 노란색들이 인지하지 못한 사이에 부정적인 어구로 사용되고 있었다. 포근하기만 했던 노란색에는 황색언론3)과 영어 단어인 'Yellow'는 겁쟁이라는 뜻도 포함되어 있었다. 이는 평소에 내가 매체를 통해 받아들이고 인지하고 있던 단어들이였다.

물체나 색깔들은 하나의 느낌만이 존재할 수 없다. 그렇지만 우리들은 대부분 이면적인 모습 또는 느낌을 고려하지 않는다. 사람들의 머릿속에 특정한 부분만이 개념화되었기 때문이다. 물론 보편적인 것은 사회를 구성하고 이해하는데 꼭 필요한 것이다. 보편적인 것은 대부분 검증 가능하며 그것들은 많은 일들을 효율적이고 체계적으로 해결하는데 도움을 준다. 그러나 보편적인 생각이 앞길을 막아서는 경우도 종종 존재한다. 세상에는 변수라는 것이 존재하며 이론상으로 말하는 상황과 현실이 다를 수도 있기 때문이다.

이 하나의 질문의 대한 생각은 꼬리에 꼬리를 물고 여러 개의 질문으로 이어졌다. 세상이 옳다고 믿는 것들은 정말 그렇게 흘러가고 있는 것일까? 사회의 보편적 생각들이 정말 다 옳은 것일까?

요즘 사회에서 많은 이슈가 되고 있는 부분 중 하나는 '페미니즘(Feminism)'라고 할 수 있다. 굳이 페미니즘이 아니더라도 일상

---

3) 흥미위주의 보도를 함으로써 선정주의적 경향을 띠는 저널리즘을 말한다. 공익과 사실관계보다 자극적 요소에 치중되는 경향이 있다.

적인 부분을 다시 바라보는 관점이 지향되고 있는 추세이다. 기존의 것에서 더 좋은 아이디어를 추가해 발전시킬 수도 있고 옳다고 생각했던 것들에 대해 의문점을 가져다줄 수도 있기 때문이다. 이러한 과정에서 여러 가지 관점들이 나오고 이에 대한 의견을 나누는 것은 자연스러운 것이다. 아마 이 관점들은 내가 살아가는 세상에 대해서 또는 내가 소비하는 많은 것들에 대해서 의문점을 줄 것이다. 아마도 점점 세상이 불편해지기 시작할 것이다. 이러한 사람들을 '프로 불편러'라고 지칭하는 사람들이 있다. 물론 그들의 입장에서 항상 그렇게 살아왔고 소비했던 일에 갑작스레 불만을 가지니 그렇게 느낄 수도 있다. 하지만 그렇다고 의문을 가지는 사람들을 비난할 수 있을까?

고작 몇 년 전만 해도 TV속에서 아무렇지 않게 남을 깎아내려 웃음을 만들어내는 것은 일반적이고 그저 '장난'일 뿐이었다. 사소한 '장난'일 뿐인데 기분 나빠하면 이상하고 분위기를 흐려버리는 눈치 없는 사람이 되었다. 누군가는 상처받았을지 몰라도 그것은 엄연히 개그고 위트였다. 그것에 상처받는 것은 되려 재미나 센스가 없는 사람이었다. 하지만 이제는 불편하다 말해도 이상한 취급을 받지 않는다. 물론 여전히 예민한 사람이라고 생각되기도 한다. 하지만 그들은 당사자가 아닌 이상 불쾌함의 정도를 측정할 자격이 없다. 그 불쾌함엔 당사자의 기억과 감정이 들어있기 때문이다. 상대방이 불쾌함을 느낀다면 변명과 비난이 아닌 사과가 나와야 할 일이다.

또 변화하지 않는다고 비난하는 것 또한 옳은 일일까? 그들이 변화하지 않는 건 다양하고 많은 이유가 있을 것이다. 아직 변화의 흐름을 제대로 파악하지 못했거나 변화가 두렵거나 혹은 자신과 먼 이야기로 생각하고 있을 것이다. 그런 그들에게 무조건 강요할 수는 없다. 옳든 그르든 자신이 알고자 할 때까지 기다려야 하는 것이다. 자신의 관심사 밖의 일을 보여주며 그냥 숙지하고 공부하라고 한다고 하면 대부분이 사람들 머릿속엔 제대로 된 일이 들어가지 않는다. 떠먹여주는 지식은 의미가 없다. 변화의 발자국이 사람들의 시야에서 사라지지 않도록 계속, 꾸준히 걸어가는 것 밖에 없다. 처음에는 혼자 열심히 걸어가고 있을 것이다. 하지만 금방 뒤를 돌아보면 네가 생각하는 것보다 많은 사람이 너의 뒤에서 같이 걸어가고 있을 것이다.

고작 2-3년 만에 많은 것들이 변화하기 시작했다. 급작스러운 변화로 인해 혼란스러워하는 사람도 많고 반대하고 비난하는 사람도 많다. 앞으로 꾸준히 계속 바꾸고 서로 이해하도록 노력해야 할 부분이다. 많이 고단한 길이 될 것이다. 이 변화가 어디까지 언제까지 계속될지도 모른다. 하지만 내가 불쾌함을 가질 때 싫다고 말할 수 있다는 것. 그런 사회가 가능해져간다는 것만으로 우리는 바꾸어야 할 이유가 있고 그 변화를 지켜봐 주어야 할 이유가 생기지 않을까?

청 신 호

Noting Heal : Color

친구들과 시끄럽게 떠들며 웃다가도, 어느 샌가
혼자서 가만히 생각에 빠지거나 우울해지기도 한다.
우리들은 왜 이런 폭풍의 시기를 보내야 했을까?

청신호

남우담

Part1 - 철학

"나의 색"

"너는 무슨 색 좋아해?" 성인이 되고 나서도 종종 듣는 질문이다. 대답은 그다지 중요하지 않은 으레 하는 말. 나는 어렸을 적에 더 많이 사용하던 질문이었다. 새로운 반 친구를 사귀어야 하는데, 마땅히 꺼낼 말은 없을 때. 무언가 말문이라도 틔어 보려고 오래 애쓰고 고민하다 결국, 적당한 말이 안 떠올라 묻곤 했던 말이다. 딱히 색에 대한 열띤 토론을 하고자 건넨 질문이 아니었다. 나의 경우에도 그렇고 일반적인 사람들에게도 그럴 것이다. 하지만 이상하게도, 나는 이 질문을 쉽게 하는 한편, 쉽게 대답하지는 못했다. 우유부단하다는 소리를 잘 듣는 편도 아니었는데, 특히 이 '색'에 대한 질문에 대해서는 속답이 어려웠다. 선호를 묻는 다른 종류의 질문에서는 조금 과장을 보태서 3초 안에 대답을 하는 편이다. 예를 들자면, 근래 들어 10년 우정도 휘청하게 만든다는 질문이 있었다. 키워드는 '부먹(부어서 먹기)'과 찍먹(찍어서 먹기)인데, 탕수육을 먹을 때 양념을 탕수육에 미리 부어 먹어야 하는지 아니면 하나씩 먹을 때마다 찍어 먹어야 하는지를 의미한다. 당시 나 역시 친구들과의 대화 속에서 이 단어들을 피해갈 수 없었다. 친구들로 하여금 냉철하다는 소리를 들은 만큼, 나는 단언컨대 '찍먹'이라는 입장을 밝혔었다. 하지만 무슨 색을 좋아하는지에 대해서는 아직도 망설일 만큼, 나는 좋아하는 색을 말하기까지 많은 시간이 걸린다.

그럼에도 질문을 받은 입장으로는 대답을 해야만 했기에 그때마다 떠오르는 색깔로 대답했었다. 빨강, 노랑, 그리고 청록. 한번 기억나는 만큼 순서대로 적어보았다. 우연인지 아닌지는 모르지만 나이가 들수록 어두운 계열의 색을 말했었다. 시간이 지날수록 좀 더 채도가 높고 명도가 낮은 색깔을 선호하게 된 것이다. 지금 나에게 이 질문을 한다면 어렸을 때보다는 덜 망설인 채로 남색이라고 말할 것이다. 사실 좋아한다고 말하기에는 남색이 틀린 대답일 수 있다. 남색에 대해 내가 느끼는 감정을 단지 '좋아한다'라고 한정할 수 없다. 나에게 가장 큰 의미가 있는 색은 무엇인가라는 질문에 대한 대답으로 여기는 것이 더욱 정확하다. 그렇다고 나에게 남색과 관련해서 엄청난 일이 있었던 것은 아니다. 예를 들어, 남색 카디건을 걸친 날 길에서 만 원을 주웠다던가 하는 그런 일은 아쉽게도 없었다. 그저 조용히 앉아 곰곰이 생각해보니 남색을 좋아하게 될 만한, 혹은 남색의 의미가 커질 만한 계기들이 차곡차곡 일어났었다는 것을 깨달았다.

"불 꺼진 방안, 창문으로 보이는 밤하늘"

남색을 생각하면 무엇이 가장 먼저 떠오르는가? 나에게 가장 먼저 떠오르는 것은 불 꺼진 방안이다. 하루 일과를 마치고 불을 끈 뒤, 쓰러지듯 침대에 누워 천장을 바라보면, 창문 틈새로 가느다랗게 들어오는 빛 때문인지, 방 안은 칠흑 같은 암흑이라기보다는 짙은 남색과 같다. 마치 그대로 창문을 열면 보이는 밤하늘처럼. 나에게 남색이란 하나의 공간과도 같다. '인터스텔라' 속 4차원 공간의 오마주가 되었던 바벨의 미로 도서관처럼 혹은 'life of pie' 속 잔잔한 밤바다 위에 떠 있는 배 한 척이라는 설정처럼, 남색은 나에게 철저한 나만의 공간과 같다. 그 공간에 한 번 들어가게 되면, 아무리 피곤하더라도 많은 생각들로 시간을 보내곤 한다. 그 생각들은 정말 사소한 것부터 시작해서, 나도 모르게 이끌리듯 깊고 깊은 곳에 있는 것들까지 다루곤 한다. 그날 우연히 길거리를 지나다 들었던 발라드 노래 제목이 무엇이었는지를 생각하다가도 예술이나 과학 등 무관해 보일지도 모르는 여러 주제들이 다른 것으로의 끊김 없는 연결고리를 타고 생각을 이어나간다.

'남색 공방'

불 꺼진 방안과 밤하늘은 분명 나 이외의 많은 다른 사람들에게도 성찰의 공간을 내주었을 것이다. 이 글을 읽는 독자들도 경험했을지도 모른다. 하지만 특히 예술가와 철학자들의 애정의 공간이지 않았을까? 그들이 남기고 간 걸작들은 다 이 남색의 공방에서 만들어졌을 것이다. 일본의 초밥 장인이 재료를 꼼꼼하게 직접 고르는 것부터 시작하여, 모든 단계에 시간과 노력을 들이는 것처럼.

그들이 정한 재료나 주제에 대해 천천히 그리고 깊게 성찰한 결과물이 우리가 현재 접할 수 있는 그들이 남긴 유산일 것이다. 그 보물들을 천천히 음미하다 보면 우리는 직접 그 방에 들어가려 노력하지 않아도, 어느 샌가 그 곳에 초대되어 앉아있다. 마치 따분한 일상에 지쳐 있던 '앨리스'가 우연히 '토끼'를 발견하고, 그 토끼를 쫓아 정신없이 달려 어느 샌가 '원더랜드'에 도착해 있는 것처럼. 우리가 언제 어디에 있든 그들의 작품이 있다면 VIP 티켓을 가진 것처럼 긴 시간을 기다릴 필요 없이 당당히 그 곳으로 바로 입장할 수 있다.

'시'

예술가들이 남긴 티켓들 중에서 나는 특히 시를 얘기하고 싶다. 이에는 분명한 이유가 있다. 사실 교복을 입던 시절의 나에게 '시'란 그저 한 문학의 장르에 불과했다. 하지만, 그 방을 매일 밤마다 다녀오는 현재의 나는 시만큼 남색 공방의 작품이라는 특성을 잘 표현하는 분야가 없다 생각한다. 시의 표현방식은 매우 다양하지만, 시인은 대부분 무언가를 직접적으로 표현하지 않는다. 시 속의 한 구절이나 하나의 단어는 생각하는 방향에 따라 얼마든지 다른 의미로 받아들여질 수 있다. 즉, 정답이 없다. 이런 함축적인 표현방식은 독자로 하여금 더 여유를 두고 그것에 대해 생각하게 만든다. 이러한 점이 남색 공방 자체의 성질과 거의 똑같다고 볼 수 있다. 그곳의 철저히 세상과 고립된 곳으로 모든 것이 가능하고 자유롭다. 당신이 그것에 대해 어떻게 생각한들 그 누구도 이의를 제기할 사람이 없다. 만약 있다면 내 안의 또 다른 생각 정도. 오늘 집으로 가는 길에, 시 한편을 골라 읽고 생각하는 시간을 가져 보는 게 어떤가? 정답을 찾아야만 하는 문제로서의 시가 아닌, 누군가의 일기 혹은 편지라 여긴다면 그 누구보다도 먼저 공방의 손님이 될 것이다.

밤하늘의 별 그리고 성찰 하면 누구나 이 시인을 떠올리지 않을까 싶다. 최근 이 시인을 주인공으로 한 영화까지 개봉되어, 다시금 사람들의 이 시인에 대한 관심과 사랑을 알 수 있었다. 이 화제의 시인은 윤동주이다. 그는 1917년 겨울 태어났다. 앞으로 따뜻한 봄바람이 불어야 할 터일 그의 앞에는 일생 동안 사라지지 않을 것 같은 그림자가 다가오고 있었다. 아직 소년에 불과한 어린 그였지만, 그는 그만의 섬세한 관찰과 성찰로 일제에 맞서고 사람들을 위로했다. 짧은 생애였지만 그가 남기고 간 그의 생각들은 아직까지 우리에게 감동을 주고 있다. 그의 대표작으로는 '서시'와 '별 헤는 밤'이 있다. 물론 성찰이라는 주제에서 '서시'를 빼놓을 수는 없지만 여기서는 후자의 시를 다루도록 하겠다. 시의 전체적인 줄거리는 이러하다. 고향으로부터 멀리 떨어진 타지에서 화자는 밤하늘을 바라보며 떠오르는 사람들과 생각들에 대해 이야기하고 있다.

별 하나에 추억과

별 하나에 사랑과

별 하나에 쓸쓸함과

별 하나에 동경과

딴은 밤을 세워 우는 벌레는 부끄러운 이름을 슬퍼하는 까닭입니다.

고향으로부터 그리고 가족으로부터 멀리 떨어져 혼자 생활해본 사람이라면 누구든 공감할 것이다. 홀로 바라보는 밤하늘만큼 누군가를 왠지 모를 울적함에 빠지게 만드는 것이 없다는 것을.

'철학'

앞서 말했듯, 진정한 남색 공방의 단골손님은 철학자들이 아니었을까? 위대한 철학자들의 선물들을 얘기하기 전에 먼저 '철학'에 대해서 얘기해보자. '철학'이라는 말을 들으면 무슨 생각이 떠오르는가? 사실, 한국만큼 철학에 대한 대중의 이미지가 그 실제의 본질과 벗어난 곳이 없을 것이다. 그들은 철학이라는 것에 대해 너무 좁게 생각하거나 혹은 너무 무겁게 생각하곤 한다. 다소 좁은 철학의 이미지는 철학관, 이름을 지어주는 곳, 혹은 손금이나 사주를 보는 곳. 이렇게 특정한 분야라고 생각을 한다. 어찌 이런 결과로 이어졌는지는 알 수 없지만, 대중의 철학에 대한 관점을 결정짓는 데 큰 한몫을 했다. 그들에게 다소 무거운 형상의 철학은 학문적인 글에서 자주 이용되는 무언가 있어 보이는 '땡땡의 철학'이라는 글귀에 영향을 받지 않았을까 생각한다. 무언가 아는 것이 많고, 조용하며, 두꺼운 안경에, 한 손에는 늘 두꺼운 서양 책(땡땡에 대한 고찰, 회고록과 같은 제목을 가진)을 들고 다니는 사람들이 많이 다룰 것만 같은 학문이랄까. 사실 나도 대학에 들어와 직접 철학 수업을 통해, 경험하기 전까진 철학에 대해 대중과 같은 입장을 가지고 있었다. 좀더 후자에 가깝기는 했지만, 어쨌건 나와는 거리가 먼 학문이라 생각했다. 그런데 놀랍게도 철학은 오히려 어떤 학문보다 나에게 가까운 학문이자 모든 것의 기반이 되는 것이었다.

　대학교 1학년 2학기 수업이었다. '철학적 사유'라는 이름의 수업이었고, 첫 주의 개괄적 강의의 진행방향을 들은 후 첫 수업의 주제는 '철학이란 무엇인가'였다. 강의의 첫 슬라이드 화면은 '철학'의 어원과 의미에 대해 설명하고 있었다. 이를 본 순간 철학의 의미에 관한 단서는 이리도 가까이 있었다는 것을 깨달았다. 왜 이제껏 이렇게 생각해보지 않았나 싶을 정도로 철학의 어원은 분명하게 자신을 밝히고 있었다. 철학(Philosophy)는 그리스어 필로소피아(philosophia)에서 파생되었다. 필로소피아는 두 단어가 합쳐진 합성어로 '사랑하다' 혹은 '좋아하다'의 필로(philo)와 '지혜'의 소피아(Sophia)로 이루어져 있다. 즉, 철학은 지혜를 사랑하는 학문인 것이다. 철학은 지혜를 사랑하는 것. 그렇다면 여기서 말하는 지혜란 무엇일까? 비교하자면, 수학은 수를 다루는 학문일 것이고, 생물학은 생물을 다루는 학문임을 알 수 있다. 철학의 '주' 소재 '지혜'는 다소 두루뭉술해 보일 수 있다. 모순적이게도 그것이 핵심이다. 다시 말해 그만큼 다루는 주제가 정해진 것이 없고 다양하게 열려있다는 것이다. 이렇기에 앞서 말했듯, 철학만큼 우리와 가까운 학문이 없다는 것이다.

'선택'

우리는 일상에서 생각보다 많은 철학적 사고를 한다. 철학적 사고라 함은 어떤 의사 결정의 바탕에 합리적인 근거를 가지는 것이다. 프랑스의 철학자이자 작가인 장 폴 사르트르는 "Life is C between B and D." 이란 명언을 남겼다. 각각의 영문 철자는 그 철자로 시작하는 단어가 있다. C는 choice, B는 birth, 그리고 D는 death을 가리킨다. 한국어로 번역하면 "인생은 선택의 연속이다." 정도로 받아들여질 수 있다. 우리는 인생이라는 긴 여정 속에서 무수히 많은 선택의 기로에 놓여지고, 가능한 최선의 선택을 하고자 한다. 즉, 우리는 합리적인 선택을 하고자 하며 이를 위해 우리는 철학적 사고를 거친다. 인생 속 선택은 다양하다. 점심으로 먹을 음식을 고르는 것처럼 가벼운 선택도 있고, 직업의 결정 등 다소 고민의 시간을 요하는 결정들이 있다. 이러한 두 종류의 선택의 기로는 크기가 다를 수 있지만, 누구나 살면서 언젠가는 만나야 하는 관문 같은 것이다. 그렇게 우리는 사실 다양한 모습의 철학적 사고를 하며 살아가고 있다. 철학적 사고란 그렇게 거창한 것이 아니다. 앞서 말했던 것처럼 두꺼운 안경을 끼고, 그 보다 서너 배는 두꺼운 책을 들고 다니는 사람만이 할 수 있는 일이 아니다. 오히려 유치원에 막 들어간 나의 조카들이 나보다도 매일 철학적 사고를 하려 노력하는 인간이라 말할 수 있다. 항상 '왜'라는 질문을 말 꼬리마다 붙이고 다니는 나의 조카들은 어른들을 곤란하게도 하지만, 가끔 신선한 충격을 주기도 한다. '사랑'이 뭔지 '죽음'이 무엇인지와 같이 관념적이며, 전 인류에게 고된 질문뿐만이 아니다. '언니는 꿈이 뭐야?'와 같이 나에게 국한된 질문에 쉽게 대답하지 못하는 내 모습은 충분히 나를 반성케 했다.

'질문'

사람들은 살면서 많은 종류의 질문을 하면서 살아간다. 질문들을 특성에 따라 분류한다면 총 세 가지로 나눌 수 있다.

첫 번째로는 '무엇'이다. 앞으로 나올 다른 종류의 질문들과 비교해서 가장 답을 내리기 쉽고, 또 그 때문에 살면서 하는 질문들 중에서, 양으로는 가장 많은 비중을 차지한다. "무얼 하며 먹고 살지?", "무얼 먹지?"가 있을 것이다.

두 번째는 '어떻게'이다. 앞의 질문을 거친 사람들 중 몇몇은 이 다음 종류의 질문으로 생각을 이어간다. 예를 들어, 무얼 하며 먹고 살지에 대한 질문에 작곡가로써 먹고 살겠다는 답을 내렸다면, 예상되는 다음 질문은 이렇다. "그렇다면, 어떻게 해야 작곡가가 될 수 있지?", "학원을 다녀 볼까?", 혹은 "대학 학과를 작곡과 관련된 곳으로 지원해 볼까?"라는 결론에 도달할 수 있을 것이다. 세 번째 질문은 '왜'이다. 답을 얻기 위해 가장 많은 시간을 요구하며, 그로 인해 많은 사람들이 그냥 지나치게 되는 질문이다. 애석하게도 철학적 사고와 가장 관련된 질문을 고르자면 당연히 이 마지막 녀석이다. '왜'라는 질문에는 반드시 '이유'가 따른다. 즉, 합리적인 근거를 찾는 데 '왜?'만큼 단도직입적인 질문은 없다. 그런데, 어렸을 적 그렇게 해대던 이 질문들을 우리는 언제부터 하지 않게 된 걸까.

Part2 - 의문

'청소년기'

靑春(청춘)이란 만물(萬物)이 푸른 봄철이라는 뜻으로, 새싹이 파랗게 돋아나는 봄철이라는 뜻으로, 십 대 후반에서 이십 대에 걸치는 인생의 젊은 나이 또는 그런 시절을 이르는 말이다.4)

그 청춘이 시작되는 곳을 얘기하고자 한다. 사춘기, 질풍노도의 시기, 반항기가 인생의 짧은 한 구간임에도 불구하고, 이를 지칭하는 단어는 무수히 많다. 그만큼 짧지만 중요하고 많은 변화를 겪는 시기이다. 이 시기에 사람들은 신체적으로 2차 성징이라는 눈에 띄는 변화를 겪고 그만큼 정신적으로도 많은 변화와 혼란을 겪는다. 헌데 정확한 나이가 정해져 있는 것은 아니다. 사람에 따라 더 빨리 시작되거나 더 늦게 시작되는 경우가 있다. 이 글에서는 대략

---

4) 국립국어원 표준국어대사전

14세에서 16세 정도로 중학교에 다닐 무렵을 얘기하겠다.

　처음 입는 교복, 초등학교 시절보다 더 길어진 교과 과정 시간과, 조금 더 엄격해진 교칙과 규칙들. 나이를 고작 한 살 더 먹었을 뿐인데, 안 그래도 신체적으로도 많은 변화 때문에 혼란스러운데, 내 주변 환경까지 따라가기 벅찰 만큼 빠르게 변한다. 가족들과 보내는 시간보다 친구들과 함께 있는 시간이 더 즐겁고, 이제 더 이상 부모님이나 선생님이 하시는 말씀을 그대로 따르기가 싫어진다. 마냥 웃기만 하는 것도 아니다. 친구들과 시끄럽게 떠들며 웃다가도, 어느샌가 혼자서 가만히 생각에 빠지거나 우울해지기도 한다. 우리들은 왜 이런 폭풍의 시기를 보내야 했을까? 잘 생각해보면 이 모든 혼란의 시작은 '왜'라는 질문에서 시작한다는 것을 알 수 있다. 이전까지 당연하게 여겨오던 것들에 의문을 품는 것이다. 공부는 왜 하는 거야? 대학은 왜 가야만 해? 왜 그래야지만 행복할 수 있어? 등등. 우리들 질문의 대상은 자신의 주변에 있는 것에 대한 것부터 점차 고차원적인 질문으로 자연스레 발전한다. 어렸을 적처럼 주위의 어른들에게서 답을 얻을 수조차 없고, 혼자 외로운 고민을 해야 할지도 모른다. 하지만 결국 답을 찾지 못하더라도 그 질문들에 대한 해답을 찾아가는 과정에서 자신만의 가치관 혹은 옳고 그름의 기준을 형성해가고, 그것은 그 소년 혹은 소녀만의 특별한 색이 된다.

　우리나라만 유달리 그런지 모르겠지만, 청소년기 속 건강한 생각의 과정을 거치게 하는 데에 많은 장애물들이 있는 것 같다. 특히 나, 이 시기부터는 스스로 생각하고 결정하는 훈련을 거쳐야 하는데, 그저 주위 어른들이 시키는 것에 마냥 따르는 것이 가장 좋은 것인 줄 아는 친구들이 분명 꽤 있을 것이다. 물론, 어른들의 말씀을 따르지 말라는 이야기는 절대 아니다. 오히려 말씀을 따라서 이득을 보는 경우가 손해를 보는 경우보다 많다. 하지만, 문제는 이 조언들과 시선들이 적정선을 넘어설 때이다. 나도 그저 어른들의 말을 따르는 것이 행복하게 사는 유일한 길이라 생각했다. "공부를 열심히 해서 대학에 가면 행복할 수 있단다", "중학교 시절에는 내신을 잘 챙겨 놓아야 해", "대학 가서 살 다 빠지니까, 걱정 말고 공부에 집중하렴", "시간이 해결해 줄 거야, 그러니 그럴 시간에 다른 것에 집중하렴". 늘 주위에는 무수히 많은 조언들이 있었고 나는 그저 따를 뿐이었다. 나는 따로 시간을 내어 고민하거나 진지하게 생각할 필요가 없었다. 하지만, 분명한 것은, 모든 조언들과 충고들이 언제나 정답은 아니라는 것이다. 더욱 나쁜 경우도 있다. 설상가상으로, 자연히 드는 '의문'을 모른 체하거나 묵살시키는 것이다. 가끔 정말 나의 생각이 궁금하고 의문이 들어 스스로에게 질문을 할 때 나는 스스로를 오히려 다그쳤다. "왜 쓸데없이 이런 생각을 하는 거야? 그냥 하라는 대로 하면 되는데."

아직까지 뚜렷하게 남아있는 기억이 있다. 그 때는 몰랐지만, 현재에 와서 회상을 한다면 난 언제나 소름이 돋는다. 학교마다 있다는 독특한 선생님이 나의 중학교 시절에도 한 분 계셨다. 그 선생님은 학생들에게 직접 의견을 물어보거나, 당연하게 생각하는 것들에 대한 질문을 던지셨다. 그 중 가장 황당했던 것으로 기억에 남는 질문이 있다.

"너네는 왜 공부하니?"

선생님이 학생에게, 공부하라는 소리를 해도 모자랄 판에 왜 공부를 하냐니. 무슨 장난을 치려나 싶어서 웃으며 고개를 들었지만, 이내 나는 장난스레 올라간 입꼬리를 내리고, 자세를 고쳐 앉을 수밖에 없었다. 선생님의 그 진지한 눈빛은 아직도 잊혀지지 않는다.

"대학 가야죠!"

생각보다 진지하신 선생님의 모습에 당황해 하며, 웅성대는 학생들 사이로, 수업시간에 곧잘 대답을 하던 친구가 소리 냈다. 이제 겨우 이 어색한 기류가 끝나겠구나 싶었다. 하지만,

"그럼 대학은 왜 가려 하는데?"

선생님의 또 다른 질문으로 어색한 기류는 유지되었다. 이쯤 되어서는 선생님이 말꼬리를 잡고 늘어진다느니, 오늘은 또 왜 저러냐 등의 궁시렁대는 소리들이 곳곳에서 터져 나오기 시작했다.

"좋은 직장에 취직하려고, 돈을 많이 벌려고, 그리고 결국엔 행복하려고……."

"선생님은 너희들이 언젠가 진지하게 이러한 질문에 대해 고민해 보았으면 좋겠구나."

학생들의 궁시렁대던 소리와 불안한 이 기류를 느끼셨는지 아니면 때마침 울리는 종소리 때문이었는지, 선생님은 급하게 말을 마무리하시고는 교실을 떠나셨다. 학생들은 그저 이상한 선생님이라

여겼고, 그 해의 여름방학을 마치고 나는 선생님이 외국 대학원에 들어가셨다는 소식을 전해 들었다. 나는 졸업할 때까지 그 선생님을, 선생님의 그 질문들을 이해할 수 없었다. 대학에 들어와서 첫 수업에서 그 선생님이 하셨던 말을 똑같이 교수님에게 듣는 순간 전까지는.

'중2병? 오글거려!'

최근 한국에서 유행하던 말이 있다. 중 2병. 공식적으로 사전에는 등록된 말은 아니지만, 한국 사람이라면 누구나 한번쯤은 들어봤을 것이다. 대중들이 생각하는 이 신조어에 대한 의미를 알기 위해 인터넷 백과사전을 검색해보았다. 인터넷 백과사전인 위키피디아에서는 중2병을 이렇게 정의한다. "중2병은 중학교 2학년 나이 또래의 사춘기 청소년들이 흔히 겪게 되는 심리적 상태를 빗댄 언어로 인터넷 속어이다." 이런 정의에 관련하여 한 대학교수는 이렇게 말한다. "중2'병'이라고는 하지만, 실제로 의학적 질병이나 정신질환으로 분류되는 것은 아니다." 한편, 이러한 '뉘앙스'를 풍기는 별명이 한국이나 아시아 문화권에서만 존재하는 것은 아니다. 가까운 일본에는 '中二病'이라는 단어가 있으며, 중학교 2학년 병이란 뜻으로 한국에서와 별다른 차이가 없는 의미로 사용된다. 영어권 국가에서는 '8th Graders syndrome'이나 'edgy'라는 표현을 사용한다.

이 명칭은 한국에서 다소 부정적으로 사용된다. 연령대가 비록 중학교 2학년이 아니더라도, 만약 당신이 어떠한 '중2병'스러운 행동이나 말을 한다면, 이 명칭이 비하의 의미로 당신에게 날아올 수 있다. 그렇다면 '중2병스러운' 것은 무엇일까. 위의 사전의 정의를 다시 살펴보자. '중학교 2학년 나이 또래의 사춘기 청소년들이 흔히 겪게 되는 심리적 상태'이다. 그렇다면 이 시기에 할만한 행동과 말이 되겠다. 그리고, 많은 특징들이 있지만, 내가 생각하는 이 시기의 행위적, 언어적 특징은 '의심' 혹은 '반항'이라 생각한다. 즉, 어떤 누군가가, 나이를 불문하고, 과도하게 의심하는 행위나 말을 한다면, 중2병이라 비난을 받을 수 있다는 것이다. 이는 우리나라 사람들이 '기존의 것 혹은 체제에 대해 의문을 가지고 반하는 행동을 하는 것'에 대해 어떠한 인식을 가지고 있는지 잘 알 수 있다.

이와 비슷하게 한국 사람들이 많이 이용하지만, 내가 안타깝게 생각하는 단어가 있다. '오글거리다'라는 말을 들어본 적이 있는가? 사전에 오글거린다는 말을 찾아보면, 첫 번째 정의는 이렇다. *물체가 안쪽으로 오목하게 휘어져 들어가다.* 요즘 사람들이 '오글거리다'라는 말을 쓸 때의 의미도 이 정의에서 파생했을 것이다. 배경 설명을 붙이자면, 누군가가 어떤 말을 하거나 행동할 때, 그로 하여금 상대방이 '오글거림'을 겪을 때 사람들은 이 단어를 사용한다. 어떤 말이라 함은, 사람에 따라 다양할 수 있지만 대부분 솔직한 감정표현을 행동이나 말로 내뱉는 경우이다. 혹은 지나치게 감성적인 말을 할 때라고 생각할 수 있다. 이해를 돕기 위해 상황을 예로 들어보겠다. 이는 실제로 직접 내가 들은 말이다. 집으로 가는 버스 안에서였다. 그날따라 이어폰을 찾을 수 없어서 그저 멍하니 창 밖을 바라보고 있었다. 버스는 덜컹 거리며 모 고등학교 정류장 앞에 정차했고, 마침 하교 시간인 참이라, 학생들이 줄지어 승차했다. 순식간에 버스 안의 분위기는 바뀌었고 언제 그랬냐는 듯, 금세 말소리들로 버스가 꽉 채워졌다. 어느 샌가 내 자리 옆에 선 두 명의 고등학생들이 장난치며 얘기를 나누고 있었고, 의식하지 않으려 창 밖으로 고개를 감으려던 찰나, 한 마디에 멈춰설 수밖에 없었다. "오늘 성현이가 말하는 거 들었어? 완전 오글거려서 혼났잖아." "그렇지? 고마워하는 건 좋은데, 성현이는 너무 말할 때 오글거리는 것 같아." 성현이가 어떤 말을 친구들과 나눴는지는 알 수 없었지만, 조금 씁쓸하다 느껴졌다.

고맙다거나, 사랑한다는 등의 솔직한 표현을 할 때에, '오글거린다'라는 느낌이 어떤 것인지 알고 이해할 수 있다. 또한 '오글거리다'라는 표현 자체가 나쁘다는 것도 아니다. 주의해야 할 부분은 이 표현이 불러오는 결과가 생각보다 부정적이라는 것이다. 잘 생각해보자. 이 표현을 주로 어떤 의미로 사용하는가? "아! 오글거려서 너무 좋아!" 혹은 "야! 오글거리잖아 그만해!" 두 문장 중에서 어느 것이 더 자연스러운가? 우리는 주로 부정의 의미를 담는 문장과 함께 이 표현을 자주 사용한다. 이는 사람들로 하여금, 그 행동을 부정적으로 받아들이게 만들 수 있다. 즉, 솔직한 표현을 한다는 것이 타인에게 부담스러울 수 있다는 생각할 것이고, 이러한 부정적 느낌을 솔직한 표현과 동일시할지도 모른다.

　최근 한 온라인 커뮤니티 사이트에 현재까지 조회수 3만을 웃도는 논란의 글이 올라왔다.

　"세상 모든 시인들의 시를 그저 '오글거리다'라는 말 하나로 치부해버리고 자기 생각을 쓰면 허세부린다, 오글거린다 등등 온갖 오지랖으로 결국은 죽여버려요. 대체 저 말을 만든 사람은 누구인지 그 사람은 우리나라 문학과 음악계를 죽인 사람이라고 해도 과언이 아니라고 생각해요."

　제목을 포함해 단 4줄 밖에 되지 않는 짧은 글이었지만, 사람들로 하여금 추천 수 622개라는 놀라운 공감을 이끌어냈다. 나 역시 662명 중 한 명으로 공감을 표했었는데, 글 본문만큼이나 공감이 되었던 덧글을 소개하고자 한다. 이 덧글 역시 추천 수 196개를 받았고 게시물에서 가장 높은 '좋아요' 수를 보유한 덧글이다.

　"오글거린다, 덕후, 허세, 중2병. 이 단어들을 보면 언어의 힘이 대단하구나 싶어요. 몇 년 전가지만 해도 다들 편견 없이 받아주던 말과 행동들이 저 단어들로 인해 부정적 이미지를 갖게 되다니… 신기할 따름이에요. 페북(페이스북)에 힘든 심경이나 사춘기 감정을 털어놓을 때 친구들이 공감하고 진지하게 받아주던 때가 기껏해야 3~4년 전인데 그 사이 많은 게 바뀌었네요."

Part 3

'우울증, 슬럼프'

부정적 사고, 불안함, 우울증, 슬럼프. 그저 단어들을 열거했을 뿐인데, 보기만 해도 숨이 턱 막힌다. 사람들이 이러한 것들을 왜 꺼려하고 극복해야만 할 대상으로 바라보는지 이해할 수 있다. 누구나 한번쯤 이 네 가지 중 하나 혹은 여러 개의 것들을 겪어 보았을 것이다. 그리고 힘들어하고 괴로워했을 것이다. 특히 '우울증'은 다른 것들과 달리 질병으로 여겨지며 심한 경우 약물적 치료가 필요하다. 국립국어원 표준국어대사전에 의하면, 우울증이란 기분이 언짢아 명랑하지 아니한 심리 상태로, 흔히 고민, 무능, 비관, 염세, 허무 관념 따위에 사로잡힌다. 우울증이라는 증상은 뇌 속의 화학반응에 의해 일어나는 현상이다. 즉, 우울증은 인간에게 이롭지 못하고 사라져야만 하는 순수 악으로 보인다. 하지만 최근 두 심리과학자들에 의해 이러한 판단은 뒤집혔다. 폴 앤드류(Paul W. Andrews)와 앤더슨 톰슨 주니어(J. Anderson Thomson, Jr.)에 따르면 "우울증은 뇌의 기능부전이 아니라, 특정한 인지적 이점을 가져다주는 정신적 적응이다."[5] 즉, 그들은 우울증을 필요악으로 바라본 것이다. 우울증이 문젯거리가 아니라는 말이 아니다. 외려 우울증은 심각한 경우 기본적인 일상생활 활동의 수행능력을 저하

---

[5] Paul W. Andrews, J. Anderson Thomson Jr. Depression's Evolutionary Roots. on August 25, 2009.
http://home.ebs.co.kr/docuprime/newReleaseView/254?c.page=1

시키거나, 심지어는 수면욕, 식욕, 성욕과 같은 인간의 생물로서의 기본적 욕구를 떨어뜨리기도 한다. 하지만 이러한 특징은 다른 일상적인 활동들을 방해하는 만큼 우울증에 걸린 사람이 오롯이 한 가지에 집중하게 만든다. 즉, 자신을 우울하게 만든 문제에 대한 분석력을 증가시키고 나아가 문제 해결에 큰 기여를 한다. 두 사람이 진행한 연구결과 중 일부는 우울증에 빠진 사람들이 복잡한 문제를 해결하는 지능 테스트에서 더욱 높은 점수를 받는 경향이 있다는 것을 밝혔다. 복잡한 문제라 함은 단순 수리적 계산이나 암기가 아닌 사회적 도덕적 딜레마의 상황을 말한다. 예를 들어, 아이가 있는 한 여성이 남편의 외도사실을 알게 되었을 때 어떠한 조치를 취해야 할지 결정하는 상황을 들 수 있다. 당연하게도, '더' 우울한 상태에 있을수록, 다양한 방안 속의 득과 실을 잘 분석하고 결론을 내린다는 연구결과가 발표되었다.

'슬럼프의 정의'

슬럼프. 이 단어가 생소한가? 그렇지 않을 것이다. '우울증' 혹은 '우울하다'는 표현과 마찬가지로 사람들이 익숙하게 그리고 자주 사용하는 단어이다. 흥미롭게도 대부분의 사람들이 사용하는 '슬럼프'와 사전적 정의의 '슬럼프'는 미묘한 차이가 있다. 사전 속 '슬럼프'는 체육 분야에서 사용되는 용어로 여겨진다. 국립국어원에서 제공하는 표준국어대사전에 따르면 슬럼프는 "운동 경기 따위에서,

자기 실력을 제대로 발휘하지 못하고 저조한 상태가 길게 계속되는 일을 뜻한다." 하지만, 특별한 경우를 제외하고는 일상생활 대화 속에서 '나 요새 슬럼프야'라는 말에 요새 운동이 힘들구나 혹은 체력적으로 무언가 문제가 생겼다고 생각하진 않을 것이다. 사람들의 '슬럼프'는 사전적 정의의 일부인 '부진상태'에 초점을 맞췄을 것이다. 따라서 '어느 곳'에 슬럼프를 느끼는지에 대해서는 대화를 통해 더 알아가거나 자세한 설명이 뒷받침되어야 한다. 즉, 사람들이 일반적으로 사용하는 '슬럼프'의 의미는 따로 사전적으로 정의되어 있지 않고, 사용자나 사용되는 상황에 따라 유동적으로 쓰이고 받아들여진다고 볼 수 있다.

사전적 슬럼프와 대중적 슬럼프의 또 다른 차이는 그것의 원인에 있다. 사전에 슬럼프의 의미를 검색하였을 때는 하위 범주에 원인이라는 제목의 글들이 따로 마련되어 있다. 하지만 따로 사전적 정의가 존재하지 않는 일반적인 '슬럼프'의 정확한 원인을 알아낼 수는 없을 것이다. 분명 이러한 원인을 알기 어려운 점, 따라서 해결하기가 어려운 특징 때문에 일반적 '슬럼프'는 부정적인 것 혹은 피하고 싶은 것으로 여겨진다. 딱히 이유를 찾을 수는 없지만 계속되는 침체상태. 고치려고 해도 원인을 알 수 없으니, 이렇게 답답한 경우가 또 있을까. 그런데 최근 우연히 마주친 예능 프로그램에서 뜻밖에 속 시원한 슬럼프의 정의를 듣게 되었다. 이 프로그램의 이름은 '말하는 대로'로 최근 논란과 인기를 함께 끌고 있다. 한 조사기관의 결과에 따르면 해당 프로그램은 약 2.85퍼센트의 시청률 기록을 보유하고 있다. 지상파 방송사의 프로그램이 아니라는 것을 감안하였을 때 이는 굉장히 높은 수치이다. 즉, 최근 많은 사람들의 관심을 받는 프로그램이라 할 수 있다. 다른 연령대의 사람들은 장담할 수 없지만, 적어도 내 나이 또래의 사람들은 모르는 사람이 없을 정도이다. 이는 SNS의 영향이 큰 것으로 보인다. 합법인지 불법인지 애매하지만, 방송의 핵심 부분을 짧게 편집한 영상이나 캡쳐 화면이 페이스북이나 트위터 같은 SNS에 자주 공유됨을 목격할 수 있다. 프로그램의 형식은 한 회마다 한 명의 사람이 길거리에서 게릴라 토크 콘서트를 연다. 내가 시청한 회차의 주인공은 이종범 만화가였다. 사실 그는 내가 고등학교 시절 가장 좋아하던 만화의 작가였다. 작품의 이름은 '닥터 프로스트'이며 천재 심리학자를 다룬 이야기이다. 이미 그 사실만으로도 시선을 뺏긴 나는 조용히 리모컨을 내려놓고는 집중하기 시작했다.

그는 먼저 슬럼프를 두 가지 종류로 분류하였다. 첫 번째 종류의 슬럼프는 사전적 정의의 슬럼프처럼 육체적인 것으로 일종의 번아웃(burn-out)상태이다. 예를 들어 회사에서 야근을 할 때나, 시험기간 학교에서 밤을 새워 공부할 때라 할 수 있다. 이러한 슬럼프는 휴식을 통해 극복할 수 있다. 하지만 단순히 휴식으로는 극복하기 어려운, 두 번째 종류의 진정한 슬럼프는 어떤 일을 하는 이유를 잃어버렸을 때를 말한다. 이 곳에서 '이유'의 의미는 단순하다. 모든 일에 목적이나 이유가 있어야만 한다는 말이 아니다. 아리스토텔레스의 목적론적 세계관처럼 '삶의 목적'과 같은 본질적인 이유를 말하는 것도 아니다. 여기서 말하는 이유는 조금 더 미시적 관점에서 바라본 우리 인생에서의 선택 하나 하나의 이유를 말한다. 우리의 인생은 선택의 연속이며, 가능한 후회 없는 선택을 하고자 한다. 그리고 그 결단을 지지해주는 것이 '이유'이다. 즉, 그 '이유'는 내가 그 일을 그 선택을 얼마나 더 유지하고 일을 지속할 수 있는지를 알려주는 일종의 '유통기한'이다.

"내가 지금 여기서 뭐 하는 거지?" 혹은 "내가 왜 이러면서까지, 이 일을 하는 거지?" 등의 질문을 해본 적 있는가? 이 질문이 한 번이라도 머릿속을 스쳤다면, 납득할 만한 이유를 찾기 전까지는, 다시 하고 있던 일에 집중하기 힘들었을 것이다. 그렇기에 우리는 참 무서운 이 질문들을 넘겨왔다. 마치 판도라의 상자 안에 가두어 놓은 것처럼. 매트릭스 영화의 빨간 약처럼. 그것은 진실을 알려줄 것 같아 매혹적이지만 그만큼 무섭다. 우리는 알고 있다. 분명히 그것은 많은 것들을 변화시킬 것이고, 어떻게 보면 다시 시작하는 기분에 우리가 억울해 할지도 모른다는 것을. 선택은 자신의 몫이지만, 나는 조심스레 빨간 약을 내밀고 싶다. 변화가 득일지 실일지는 모르지만, 가만히 머물러 있는 것을 선택하는 건 그 가능성도 경험할 수 없게 한다.

'청신호'

세상에는 피해야만 하는 것들이 많다. 교과서에서도 TV에서도 충고한다. 물론 대부분은 정말 피하는 것이 바람직하다. 대표적으로 우리는 법에 저촉되는 행위나 타인을 해치는 행위는 충고를 듣지 않더라도 피해야 함을 안다. 하지만, 그렇지 않은 것들도 있다. 그리고 그 중 이 글에서 가장 중요하다고 생각하는 것이 바로 '질문'이다. 2014년 '왜 우리는 대학에 가는가'라는 제목의 6부작 다큐멘터리가 방영되었다. 이 영상은 현 우리 사회의 문제점을 시청자에게 적나라하게 보여주었고 2017년인 지금에도, 수업시간에 언급될 정도로 큰 파급을 불러 일으켰다. (애써 외면해왔던 그곳으로 고개를 돌리게 만들었다.) EBS방송사 홈페이지의 설명에 따르면, "EBS 교육대기획 6부작 〈왜 우리는 대학에 가는가〉는 초중고 12년 동안 입시전쟁을 겪고 대학생이 되었지만, 학점과 취업이라는 장애물 앞에서 나를 잃고 맹목적인 질주를 하고 있는 대한민국 청춘들에게 질문을 던지는 프로그램이다." 특히 5부에서는 '질문하지 않는 학생들'이라는 소주제를 다룬다. 한국 사회에서 소위 명문대라 불리는 대학의 강의실이 화면에 비춰지고, 여느 때와 같은 평범한 수업시간을 카메라에 담아 방영하였다. 단지 '일상적인' 명문대의 수업시간을 보여주었을 뿐인데, 출연하는 학생들도, 그들을 보는 시청자들도 어딘가 불편한 듯 고개를 숙이거나, 얼굴이 붉어질 수 밖에 없었다.

대부분 한국 사회의 젊은 청년들은 질문할 틈도 없이, 생각할 기회도 없이, 그저 부모님이나 학교 선생님, 사회가 요구하는 길이 전부인 듯 달려왔다. 그저 앞을 향해 달려가는 것만 해온 그들은 심지어 휴식을 두려워한다. 더 구체적으로 말하자면 그들은 휴식 속에서 오는 고민과 생각을 두려워하기 때문이다. 잡생각을 떨치기 위해서, 몸을 바쁘게 한다는 말이 있었던가. 하지만 이러한 해결책은 그저 언젠가는 풀어야 할 숙제를 뒤로 미루는 것밖에 되지 않는다.

상처가 생기거나 근육통이 올 때 우리는 몸에게 회복할 시간을 준다. 그런데 왜 마음이나 정신에게는 그런 시간을 주지 않는 가. 우울증과 슬럼프 이들은 무작정 피해야만 하는 것들이 아니다. 오히려, 잠시 쉬어갈 시간임을 알려주는 '신호'와도 같다. 이들은 무언가 잘못되었음을 알려주는 것이 아니다. 우리가 주저하고 방황하는 것이 당연하며, 그렇기에 잠시 동안의 작전타임을 가져야 함을 알려주는 청신호이다. 우리는 신호를 진지하게 받아들이고 잠시 멈춰서 지도를 펼쳐 자신이 가야 할 길을 한 번 더 확인하고, 이 길이 맞는지 아니면 다른 길이 있는지를 생각하고 고민해야 한다. 하지만 사람들은 자주 이러한 신호를 무시하고는 엑셀 위에서 발을 떼지 않는다. 어찌 보면 우리는 너무도 쉴 틈 없이 달려왔기 때문에 두려운 것인지도 모른다. 휴식이란 것은 어떻게 하면 되는 것인지, 내가 휴식을 취하는 동안 난 뒤쳐지는 것은 아닌지, 아니면 이한번의 휴식이 계속해서 지속되는 것은 아닌지. 그럴지도 모른다. 특히 표면상으로는 나는 정체되고, 나 이외의 사람들은 계속해서 저 멀리 앞을 향하는 것처럼 보일 수 있다.

흔하지만 이만한 비유가 없는 것 같아 말하고자 한다. 50m 단거리 경주가 있고, 42km 혹은 그 이상의 끝을 알 수 없는 장거리 경주가 있다. 단거리 경주에서 당연히 우리는 시작 종이 울리는 순간부터 결승점까지 최선을 다해 달린다. 반면 후자의 경우는 매우 다를 것이다. 눈으로 보이지도 않는 결승점을 향해 달리는 우리는, 중간중간 속도를 늦춰 에너지를 비축하거나 물을 마셔 갈증을 해소한다. 혹여 본 적 있는가? 뒤에서 달리는 선수들을 보고 야유하는 관객들을. 속도를 잠시 늦춰 달리는 선수들을 보고 다그치는 코치들을.

'답이 없는 문제'

문제가 있으면 당연히 우리는 답의 존재를 기대한다. 애초에 답이 없는 문제를 시도하는 것은 큰 용기가 필요하다. 하지만 안타깝게도 우리 모든 인간에게는 하나씩 이 무시무시한 답이 없는 문제가 주어진다. 바로 그들의 인생에 관한 것. 여기서 답이 없다는 의미는 답이 무한대로 많다 라고 다시 해석 될 수 있다. 즉, 각각의 사람들은 자신만의 답을 살아가며 찾아야 하는 것이다. 애초에 정해지지 않는 답을 찾으라니, 막연하다 생각 할 수 있다. 혹은 계속해서 처음의 질문으로 돌아올 수도 있다. 이 때 습관처럼, 다른 사람의 답을 따라 하거나, 무작정 앞을 달리려 하진 말자, 슬럼프에 빠져 버릴지도 모르니. 아니, 슬럼프에 빠져도 괜찮다. 그 슬럼프를 청신호로 받아들여, 작전타임이 필요하다는 것을 깨닫는다면,

그보다 더 좋은 경험은 없을 것이다. 내가 원하는 곳을 향하지 않는 여행 혹은 뚜렷한 목적지 없는 주행은 너무 허무하지 않은가? 차라리 늦더라도 이것저것 부딪혀가며 착실히 인생을 탐험하자.

The 1st

Mini album

Purple

Noting Heal : Color

냉정과 열정, 강자와 약자, 빨강과 파랑,

양 극단 사이에 핀 라일락,

그 앞에서 자주 봐요 우리

The 1st mini album_ Purple

황유라

Teaser. 色界 : 색의 세계

천사일까 악마일까? 대체 색이란 무엇일까? 대부분의 사람들은 우리가 이토록 다양한 색을 볼 수 있다는 사실을 축복 혹은 행운 쯤으로 여긴다. 나 또한 그랬다. 봄이면 흩날리는 분홍색 벚꽃 잎, 여름이면 짙은 청록색을 드리우는 나뭇잎, 가을을 알리는 붉은 단풍잎, 그리고 겨울의 청명한 하늘의 색을 보며 변해가는 계절을 느낄 수 있음에 감사했다. 때로는 이러한 것들이 당연하게 여겨지기도 했지만, 큰 축복이라는 것은 부인할 수 없었다. 시각 장애인이나 색을 볼 수 없는 분들을 생각하면 더욱이. 그들은 '파스텔 톤 바다'도 '황금빛 들판'도 온전히 느낄 수 없을 테니까. 흑백 텔레비전과 캄캄한 어둠 속에 이 세상을 담기엔, 세상이 가진 색은 너무나도 찬란하다.

그런데 어쩌면 그들은 우리가 색에 가려 보지 못했던 본질을 볼 수 있을지도 모른다는 의구심이 들었다. 그러자 하얀 천사의 얼굴이 조금씩 일그러지기 시작했다. 때때로 흑인들은 검은색의 감옥에, 북한 사람들은 빨간색의 감옥에 갇히기도 한다. 그리곤 사람들은 그들을 검둥이나 빨갱이라며 손가락질을 한다. 누군가에겐 이

찬란한 색의 세계는 악마의 세계일지도 모른다. 그들이 볼 수 있는 색의 종류만큼이나 다양한 고통이 옥죄어 오는, 세상에서 가장 아름다운 지옥.

Intro. 보라, 그들의 아픔

인간은 성공하고 싶어하며 높은 지위를 가지길 원한다. 이러한 인간의 특성은 비극을 초래하기도 한다. 성공에 대한 욕망, 지위에 대한 욕망, 그것들을 잘못되었다고 말하는 것이 아니다. 다만, 자신의 목표를 이루기 위해 누군가를 밟고 올라서려는 인간의 습성, 그것이 문제이다. 인간은 주로 상대적인 비교를 하기에, 누군가보다 내가 더 잘나고 잘 나가기를 원한다. 그를 위해서는 누군가를 자신보다 아래에 두어야 하고 그들이 자신을 추월하지 못하도록 계층을 나누어 고착화시켜야 한다. 그 결과, '사회적 약자'들이 탄생했다.

사회적 약자들은 그들의 고통을 세상에 이야기하지만 세상은 그 고통에 큰 관심이 없다. 실패한 사람의 이야기보다 성공한 사람의 이야기를 듣고 싶어하는 것, 그게 사람들의 심리이기 때문이다. 한국의 서점에 가면 이런 현상을 쉽게 느낄 수 있다. 한국 최대 규모 도서사이트를 보면 베스트셀러 서적의 대부분은 성공담에 관한 책이나 자기계발서이다. 사회적 약자들의 권리를 신장하거나 사회에 대한 어두운 이야기를 담고 있는 책은 찾아보기 어렵다. 우리가 자주 접하는 TV 프로그램 또한 이런 사실을 잘 반영하고 있다. 사회적 약자들에 대한 다큐멘터리보다는 성공한 사람들의 강연이나 방송이 시청률 면에서 훨씬 우위에 있다. 이를 통해 다수의 사람들은 약자의 이야기보다 강자의 이야기에 더 관심을 갖고 강자가 되기 위해 노력한다는 사실을 알 수 있다. 우리 사회는 성공에 눈이 먼 사회이다. 바꾸어 말하자면 약자에게는 무관심한 사회라는 것이다. 그럼에도 불구하고 약자들은 계속해서 그들의 목소리를 내왔고, 작은 변화들이 일어나고 있다.

허나 그들이 노력한다고 한들, 아니 그들만 노력하는 경우엔 절대로 큰 변화는 일어날 수 없다. 이 말은 곧 그들은 영원히 약자로 남는다는 의미이다. 사회에 큰 변화를 몰고 오기 위해서는 모두 함께 노력해야 한다. 설령 그 문제가 나와는 전혀 상관없다 해도 말이다. 심지어, 그 변화가 나의 기득권을 침해한다고 하더라도 우리는 해야만 한다. 그때 비로소 우리는 휴머니즘 사회로 나아갈 수 있다.

Track 1. 서울의 야경은 슬프다

Verse1. 여수 밤바다. 밴드 버스커 버스커의 노래 제목이며, 나의 고향이고 내가 가장 사랑하는 것 중 하나이다. 예전에는 내가 밤바다를 좋아하게 되리라곤 상상조차 못했다. 따듯한 햇빛을 좋아하는 나로서는 햇빛을 볼 수 없는 밤이 별 의미 없는 시간일 뿐이었다. 귀가시간, 저녁시간, 취침시간, 정말 딱 그 정도. 하지만 나이가 들수록, 내 정신이 성숙해지고 생각할 시간이 필요해질 때, 나는 밤을 찾기 시작했다. 여수의 밤바다에서 야경을 보며 나눈 밤의 대화는 항상 진솔했으며 그 대화의 상대는 낮 동안 꽁꽁 숨어 있던 나 자신이었다. 때론 밤의 감성에 취해 연락이 끊겼던 사람들에게 전화를 해보고, 내일 생각하면 오글거린다며 몸서리칠 듯한 이야기도 하곤 했다. 이렇듯 사람을 무장해제시키는 밤의 묘한 매력 덕에, 반 고흐는 명성을 얻었고 나는 인연을 얻었다. 이런 경험을 한 나에게 밤이란, 그리고 밤의 풍경이란 온 우주가 오롯이 내 것이 되는 시간이다.

Verse2. 여수 밤바다의 아름다운 야경이 유명해지기 전 한국 야경의 대표주자는 서울이었다. 여수 야경은 정적이고 아기자기한 맛이 있다면 서울 야경은 도시적이고 화려한 데에 매력이 있다. 그 때문인지 수많은 외국인들은 서울의 야경에 감탄하고 해외 매체들은 야경이 아름다운 도시로 서울을 꼽기도 한다. 그런데 나는 서울의 야경을 볼 때, 여수 야경에선 느끼지 못했던 슬픔이 느껴진다. 대체 왜일까? 서울의 야경이 여수의 야경보다 정적이지도 않을 뿐더러 훨씬 화려한데. 곰곰이 생각해보았지만 나는 그 이유를 찾지 못했다. 그냥 나의 직관일 뿐이었다. 그러다 우연히 어느 겨울에 그 이유를 깨달았다.

Verse3. 강북에서 바라본 강남의 야경을 이루는 주축은 여의도 증권가의 고층 빌딩들이다. 밤늦도록 빌딩에서 새어 나오는 불빛들은 강남의 야경을 아름답게 만들어주지만 이는 곧 그 불빛 수만큼의 사람들이 늦은 시간까지 일한다는 것을 의미한다. 그렇다. 서울의 야경이 슬프게 느껴졌던 이유는 화려한 야경이 단순히 아름다움을 위한 것이 아니라 개미처럼 일하는 사람들의 부속물이기 때문이었다. 가난한 부모는 가난을 물려주고 부유한 부모는 부를 물려준다는 말에서 알 수 있듯이 대한민국의 부 대물림 현상은 심각한 수준이다. 심지어 부모님의 부에 따라 사람들을 금수저, 은수저, 흙수저로 등급을 나누기도 한다. 흙수저들이 아무리 열심히 일하더라도 그들이 버는 돈은 재력이 있는 부모를 가진, 소위 말하는 금수저들이 가진 돈에 비하면 새발의 피이며 가난은 가난대로 부는 부대로 계속해서 대물림이 된다. 이 사실을 알지만 흙수저들은 오늘도 열심히 일을 한다. 생계를 유지하기 위해, 혹은 자식들의 학비를 대주기 위해 말이다. 그래서 오늘, 서울의 야경은 더 슬프다.

Track 2. 뱁새 vs 황새

Verse1. 더 이상 개천에서는 용이 나지 않으며 뱁새가 황새를 따라가다는 가랑이가 찢어진다. 황새는 이를 뱁새의 잘못이라고 말한다. "그건 너희들의 노력이 부족하기 때문인데 왜 자꾸 사회 탓을 하는 거지? 그건 오직 너희 개인의 문제일 뿐이라고! 더 노력해. 노력하면 안 될 게 뭐가 있니?" 과연 그럴까? 12년 동안 지독한 입시공부에, 대학 와서도 학점 관리하랴 아르바이트하랴 하루 종일 현실에 치이면서 연애도, 결혼도 포기하는 N포 세대6)에게, 과연 오직 그들의 노력이 부족하기 때문이라고 탓할 수 있을까? 나는 아니라고 생각한다. 가난은 개인의 문제일 뿐이라는 황새들의 말은 그들이 자신의 권력과 계층을 유지하기 위한 교묘한 수단일 뿐이다. 절대로 그들에게 속아 넘어가면 안 된다. 그렇게 하나 둘 포기하다 나 자신을 잃어버리게 될지도 모른다.

Verse2. 대한민국 학생이라면, 어렸을 적부터 수도 없이 들어온 말이 있다. "공부해라! 공부해야 성공한다!" 우리는 이 말을 부모님의 잔소리쯤으로 생각했겠지만, 대부분의 부모님들은 이러한 속뜻을 가지고 말하셨음이 분명하다. "공부해서 성공하렴. 돈 많이 벌어서 나보다는 조금 더 편안한 인생을 살길 바란다." 정말로 공부 잘하면 성공할 수 있고, 그렇게 되면 돈을 많이 벌 수 있을까? 적어도 한국사회에서는 아직까지 그 공식이 성립하는 듯하다. 하지만, 공부 잘해서 좋은 직장에 취직한 뱁새들이 황새들보다도 더욱

---

6) 2015년 취업시장 신조어로, 어려운 사회적 상황으로 인해 취업이나 결혼 등 여러 가지를 포기해야 하는 세대를 뜻하는 말. (시사 상식 사전, pmg 지식 엔진 연구소)

풍요롭게 살 확률은 얼마나 될까? 그전에, 뱁새들이 황새들보다도 좋은 대학에 들어갈 확률은 얼마나 될까? 글쎄, 나는 뱁새들이 황새들보다 더 노력해도 더 가난할 확률이 훨씬 높다는 것에 한 표를 던진다.

돈 많다고 머리가 좋지는 않지만, 돈 많으면 좋은 대학에 갈 확률이 높다. 이미 여러 차례의 연구를 통해 부모님의 재력이 자식의 교육과 대학 입시에 큰 영향을 끼친다는 사실이 밝혀졌다. 항간에서는 자식의 대학 수준은 조부모님의 재력과 아버지의 무관심, 어머니의 치맛바람으로 결정된다는 말도 있으니까. 그렇게 돈 없으면 공부 못하고, 공부 못하면 돈을 못 버는 악순환은 되풀이된다. 가난이 세습되는 사회, 돈이 신분인 사회, 그게 대한민국의 현재이다.

Verse3. 그렇다면 뱁새들이 황새들을 이기기 위해서는 어떻게 해야 할까? 아니, 뱁새와 황새가 함께 걸어가기 위해서는 어떻게 해야 할까? 투쟁. 그것만이 해답이 될 수 있다고 생각한다. 계속해서 우리의 주장을 그들에게 호소해야 한다. 투표를 통해서든, 시위를 통해서든. 그렇게 하지 않으면 그 누구도 우리의 이야기를 들어주지 않을 것이고 우리는 계속해서 권력의 최하층에 머물러야 한다. 우리는 바스티유 감옥을 향해 돌진하던 성난 파리의 민중처럼 조금 더 용감해질 필요가 있다. 황새를 쫓아가려던 뱁새는 가랑이가 찢어질 수도 있다. 하지만 너무 걱정하진 말자. 우리에겐 날아오를 수 있는 날개가 있다.

Track 3. 의사 선생님, 도와주세요.

Verse1. 신세대와 기성세대 간의 갈등이 인터넷 상에서 큰 이슈가 되곤 한다. 이러한 세대 간의 갈등은 우리 부모님의 부모님 시대부터 지금까지 쭉 일어나고 있다. 기성세대는 우리가 너희보다 힘들었다. 그 정도는 아무것도 아니니 어리광 부리지 말라는 핀잔을 주기도 한다. 그리고 신세대들은 그들을 향해 꼰대라며 말이 통하지 않는 사람쯤으로 단정 짓는다. 이렇게 기성세대와 신세대 사이의 갈등은 깊어지기만 했다. 물론 지금의 대한민국은 예전보다 절대적으로 삶의 질이 향상되었고, 신세대들이 누리고 있는 것들이 지금의 기성세대, 예전의 신세대들의 노력의 결과라는 것을 알고 있다. 그들이 얼마나 힘들었는지, 우리가 그것에 얼마나 고마워해야 하는지도 알고 있다. 우리는 결코 이 사실들을 부정하는 것이 아니다. 다만 우리에게 필요한 것은 내가 더 힘들었네 네가 더 힘드네 하는 비교가 아니다. 신세대들에게는 우리의 고통을 이해해주고 현명한 해결책을 제시해주는 성숙한 어른, 진짜 어른이 필요하다.

Verse2. 대한민국의 수많은 청춘을 위로해줬던 한마디. 아프니까 청춘이다. 처음 이 말을 들었을 때, 느꼈던 감정은 고마움이었다. 우리의 아픔에 공감해주는 어른들에 대한 고마움. 하지만 이 말을 곱씹다 보니 모순적이게도 그들은 무책임한 어른일 뿐이라는 생각이 들었다. 아프니까 청춘이라니, 그동안 우리가 아팠던 게 단지 어려서, 그뿐이라고? 사회에 굳은살이 박히면 우리는 아프지 않을 수 있다는 말일까. 나는 모든 것에 굳은살이 박혀 아무런 감정 없이 살아가는 어른이 되고 싶지는 않다. 그럼 우리는 그 고통을 당연하게 받아들이고 그냥 견디며 살아야만 한다는 걸까. 아프면 어디가 아픈 건지 왜 아픈 건지 진료를 받고 그 아픔을 해결하기 위해서는 어떻게 해야 하는지 처방을 받아야만 한다. 무작정 그 고통을 참으라고 하다가는 더욱 큰 병이 되어 우리에게 돌아온다. 아프면 병원에 가야 한다.

Verse3. 그럼 대한민국의 아픈 청춘들은 어느 병원으로 가야 할까? 청춘들을 위한 병원, 그것이 바로 기성세대의 역할이라고 생각한다. 그들도 우리와 같이 열정으로 불타오르는 청춘을 겪어본 사람들이자, 비슷한 아픔을 겪은 선배이기 때문이다. 나는 짧지 않은 학교생활을 하면서 선배는 확실히 선배라는 것을 느꼈다. 아무리 평소에 실없어 보이는 선배일지라도 많은 경험에서 나오는 지혜가 있었다. 기성세대 또한 그렇다. 물론, 모든 사람들이 지혜롭고 본받을 만한 것은 아니지만 그들의 경험에서부터 오는 지혜는 우리에게 큰 도움이 된다. 그들은 5·18 민주화 운동, 6월 민주항쟁이라는 역사적 사건 속 인물들이었다. 어쩌면 우리보다도 더 격렬하게 청춘을 보낸 사람들일지도 모른다. 그들의 말이 전적으로 옳은 진리는 아니며 우리의 병을 완전히 치료해 줄 수도 없다. 의사 선생님도 신이 아니며 모든 병을 완치시키지는 못하는 것처럼. 하지만 아프고 힘들 때 의지할 수 있는 곳이 있고 병을 치료할 수 있다는 희망이 있다는 것만으로도 우리의 아픔은 조금 아물 수 있고 병원은 그 존재의 이유가 있다.

Track 4. 내 사랑의 색깔은

Verse1. 사랑. 인간이 느낄 수 있는 가장 아름다운 감정이다. 누군가를 사랑하는 인간의 마음은 감히 신의 그것과 비교해도 모자라지 않다고 나는 확신한다. 부모 자식 간의 사랑, 친구들 간의 사랑, 형제들 간의 사랑 등 다양한 관계 속에서 피어나는 사랑이 있지만, 그중에서도 우리가 가장 관심 있는 사랑은 연인 간의 사랑이다. 그리고 그들은 럽스타그램(러브와 인스타그램의 합성어)과 같은 SNS 활동을 통해 그 사랑을 표현하고 알린다. 아마도 내가 사랑하는 사람을 자랑하고 싶은 마음, 우리가 예쁘게 사랑하고 있다고 자랑하고 싶은 마음에서 시작되었을 것이다. 그러나 사회적 편견 때문에, 주류가 아니기 때문에, 그 누구에게도 편히 자신의 사랑을 알리지 못하는 사람들이 있다. 우리는 그들을 '성 소수자'라고 부른다.

Verse2. 한때, 나는 성 소수자들에게 오픈 마인드라는 생각을 했었다. 학창 시절, 내 주변에도 성소수자인 친구들이 있었을뿐더러 나와는 상관없는 일 정도였으니 말이다. 하지만 얼마 전 이러한 나의 생각이 오만임을 깨달았다.

학과 행사인 유토피안 다이닝 시간에 성소수자에 대한 이야기를 나누었다. 나는 그에 흥미가 생겨 최초의 여성 트랜스젠더에 대해 다룬 영화 '대니쉬 걸'을 보았다. 그런데 영화 도중에 에디 레드메인(주인공, 트랜스젠더역)의 여성적 자아가 나오는 장면을 볼 때마다 약간의 거북함을 느꼈다. 나름 성 소수자들에게 오픈 마인드라고 단언하던 내가 이런 감정을 느꼈다는 사실에 놀랐다. 영화 내용보다는 나의 반응에 더 충격을 받은 채, 한동안 엔딩 크레디트만 응시했다. 그리곤 내가 왜 그런 반응을 보였는지에 대해 곰곰이 생각했다. 나는 그동안 성소수자들을 오직 동성애자로만 한정지었기 때문이었다. 내가 성 소수자들 중 유난히 트랜스젠더들에 대해 거부감을 느낀 이유는 주위에 트랜스젠더가 없었기에 그에 대해 깊이 생각해보지 않았기 때문이다. 지금 이 순간까지도 나는 성 소수자들에 대해 완전히 이해하지 못했고, 학계에서도 또한 사회적으로도 성 소수자들에 대한 억측만이 난무할 뿐이다. 오로지 내가 동성애자를 이해한 방법은 직관에 의한 것이었다. "대다수의 사람들이 이성에게 사랑을 느끼는 것처럼 그들 또한 대상의 성별만 같을 뿐 똑같은 감정을 느끼는구나." 이것이 옳은 태도인지 그릇된 태도인지는 모르겠지만 확실한 건 적어도 나는 그들을 인정했다는 것이다. 그들이 우리와 별 다를 게 없다는 것을 말이다.

Verse3. 나는 당신에게 그들을 이해하라고 무조건적으로 강요하지 않는다. 다만, 당신이 본인도 모르게 행하고 있는 폭력을 멈춰달라고 부탁하고 싶다. 우리는 그들을 완전히 이해할 수 없기에 "너네는 다 악한 사람이야." 라거나 "병이기 때문에 그건 고칠 수 있어. 우리 함께 힘을 합쳐 고쳐보자." 따위의 말은 하지 말아야 한다. 당신이 선의의 뜻에서 내뱉었다 할지라도 그런 말은 그들에게 엄청난 폭력으로 느껴질 수 있기 때문이다. 우리가 그들을 이해하지 못하는 데에는 관심이 없다거나 종교적 신념에 반한다거나 하는 다양한 이유가 있겠지만, 궁극적으로 우리는 그런 경험을 해보지 않았기 때문이다. 그러므로 우리가 가져야 할 태도는 그들을 싫어하는 것을 멈추는 것도, 그들을 이해해야만 한다는 것도 아닌, 그들에게 어떠한 강요도 하지 않고 그저 같은 사람으로서 대해주는 것이다. 그들에 대한 이해보다는 그들에 대한 인정이 필요한 시기이다.

Outro. 자주, 봐요 우리.

　우리가 살고 있는 사회는 굉장히 복잡하고 다양하다. 그래서 때론 많은 갈등과 충돌이 생기기도 한다. 이것들은 혼란을 야기하고, 사람들은 자신과 상관없는 일이라는 판단이 서면 그를 못 본 척하기 십상이다. 그런 것들에 신경을 쓰는 순간 귀찮고 피곤해지기 때문이다. 그렇다. 함께 살아간다는 것은 굉장히 피곤하고 귀찮은 일이다. 하지만 그만큼 가치 있고 안정적이다. 이 역설을 당신이 깨닫게 될 때, 당신은 비로소 이 사회의 진정한 구성원이 될 수 있고 사회는 진정한 휴머니즘으로 나아갈 수 있다. 그저 평화롭게 이루어지지는 않겠지만 함께라면 그 과정이 투쟁이 아닌 여정이 될 것이다.

"냉정과 열정, 강자와 약자, 빨강과 파랑, 양 극단 사이에 핀 라일락,
그 앞에서 자주 봐요. 우리."

Thanks to.
나에게는 보라 그 자체인, 반 고흐.
그와 나를 연결해준, 밤 하늘.
그 아래에서 눈물짓는, 아픈 영혼들.
그들의 곁을 지켜주는, 모든 가족들.

Dead

Line

Noting Heal : Color

내게 지옥은 어두컴컴한 밤에
하얀 눈이 붉은 비명소리를 덮어가는 곳이었다.

Dead Line

최현준

지옥은 어떤 곳인지 나는 항상 궁금했다. 일반적으로 지옥이라 하면 인간의 괴로움을 극한으로 끌어내며 온갖 고문과 광기가 함께하는 사후 세계라고 생각된다. 불교에서도, 기독교에서도 지옥을 최선을 다하여 설명해주긴 하나 너무 추상적이었다. 그러던 어느 날, 나는 지옥을 직접 체험하고 말았다. 부산외국어대학교에 입학 했던 나는 경주 마우나리조트에서 진행한 신입생 오리엔테이션에 참석했다. 그 날, 2014년 02월 17일 오후 9시 즈음, 커다란 체육관 지붕에 무려 50cm이나 쌓인 눈은 백 년 만의 폭설이라는 말을 증명이라도 하듯 그 위력을 과시했고 결국 지붕은 무게를 견디다 못해 학생들을 향해 주저앉아 버렸다. 눈길이 닿는 곳 마다 하얀 눈과 붉은 피로 가득했고 앰뷸런스의 푸르고 붉은 빛이 빈 공간을 채웠다. 사람들의 다급한 움직임과 살려 달라는 비명소리에 숨을 쉴 수가 없었다. 취재를 위하여 달려온 기자들의 차량이 도로를 가득 메운 것이 나의 마음까지도 꽉 막아버린 듯했다. 비록 나는 붕괴하는 건물 속에 있지는 않았으나, 보기만 해도 무거운 철근과 아무것도 할 수 없다는 무기력감은 하늘에서 내리는 눈의 무게만큼 나를 매섭게 죄어들었다. 내게 지옥은 어두컴컴한 밤에 하얀 눈이 붉은 비명소리를 덮어가는 곳이었다.

내가 느낀 또 다른 지옥은 사람에 의한 지옥이었다. 당시 GOP에서 복무 중이었던 나는 옆 초소에서 있었던 수류탄 자살사고 때문에 본인의 의지와는 상관없이 연대 본부로 전출을 가게 되었다. 실질적으로 내가 잘못한 것은 아무것도 없었으나 나름 '본부의 엘리트'라는 자부심으로 똘똘 뭉친 사람들에게 나는 '소초에서 칼부림을 한 취사병'이라는, 믿기지 않는 소문이 퍼져버렸다. 취사병이었기에 냉동된 고깃덩어리를 썰기 위하여(보다 정확히는 냉동된 고기를 먹을 수 있는 크기로 부숴 버리기 위해서) 네모난 식칼을 배운 대로 휘둘렀고, 그 모습을 처음 본 소대장은 '오늘은 이런 일이 있었습니다.' 식의 보고를 올릴 때 칼을 휘두르는 나의 모습을 같이 적었다. 이를 본부의 누군가가 접근 권한을 이용하여 읽어 버렸고, 와전된 소문이 퍼지기까지는 긴 시간이 걸리지 않았다. 때문에 같이 생활하는 사람들은 귀신을 본 양 나를 피해 다녔다. 나를 담당하던 간부들도 소문을 믿고 내가 위험하다고 생각해서인지, 나를 위험하다고 생각하는 사람들로부터 따로 떨어트려 주려는 배려였는지는 모르겠지만 난 당시 연대에 단 하나뿐이었던 '간부식당병'이라는, 하루 종일 거의 혼자 생활하는 보직을 배정받았다. 하루 종일 입에서 나오는 언어라고는 식사하러 온 간부들에게 인사하는 말뿐이었다. 함께 먹고 자는 병사들에게 철저한 무시와 고립이라는 과분한 관심을 받은 나는 오해를 푸는 5개월이 넘는 시간 동안 사람들 사이에서 서서히 검게 숨통이 죄어 오는 지옥을 겪었다.

이 두 사건들 때문인지 동서를 막론하고 지옥을 묘사한 그림을 보아도 내게는 전혀 와 닿지가 않았다. 보통 지옥이라고 표현하는 그림들은 모두 붉기만 한 느낌이었다. 흩날리는 하얀 눈 대신 타오르는 불길이 사람들을 집어삼키며, 하늘에서 내려오는 중압감 대신 바닥에서 올라오는 가벼운 고통만이 존재했다. 악마들은 '관심'을 주었으며 어두컴컴한 곳에 혼자 갇혀 고립에 스스로를 서서히 죽이는 사람은 없었다.

2017년 1월, 다사다난했던 군 복무를 마친 후 나는 즉시 유럽으로 여행을 떠났다. 독일과 스위스의 여러 도시들을 거쳐 마지막으로 간 곳은 프랑스의 파리였다. 예술작품 감상하기를 좋아하는 내게는 로댕 미술관(Musée Rodin), 피카소 미술관(Museo Picasso), 루브르 박물관(Musée du Louvre), 그리고 오르세 미술관(Musee d'Orsay)이 존재하고 수많은 예술사적 흔적이 녹아 있는 파리는 그야말로 성지였다. 그래서 나는 총 3주간의 일정 동안 파리에서만 5일이나 지내며, 내 체력이 허락하는 한도 내에서 최대한 많은 곳을 돌아다녔다. 그중 루브르 박물관과 오르세 미술관은 두 번씩 갔었는데, 루브르 박물관은 하루 동안 모든 작품을 충분히 감상할 수 없을 정도로 넓어서 한 번 더 갔었고, 오르세 미술관은 〈지옥의 단테와 베르길리우스〉라는, 단 한 점의 미술품을 보기 위하여 한 번 더 갔었다.

〈지옥의 단테와 베르길리우스〉라는 제목의 이 작품은 돌이켜보면 아무 이유 없이 나를 휘어잡았다. 〈밀로의 비너스〉나 〈만종〉, 혹은 〈모나리자〉를 보면서도 역사적인 대작을 직접 본다는 짜릿함

만이 나를 에워쌌지만 〈지옥의 단테와 베르길리우스〉라는 작품은 마치 꿈에 그리던 막연한 이상형을 실제로 만난 듯 나의 시선을 고정시켰다. 먹먹한 가슴을 부여잡은 나는 악마에게 영혼을 뺏겨버린 사람처럼 멍하니 한 작품 앞에 한참 동안 서 있었다.

〈지옥의 단테와 베르길리우스〉는 프랑스의 화가인 윌리앙 아돌프 부그로가 단테의 〈신곡〉의 일부분을 그린 작품이다. 이 작품은 유럽 낭만주의의 특징을 잘 짚어내고 있다. 18세기부터 19세기 중반까지 유럽 전역으로 널리 퍼졌던 낭만주의 작품들은 강렬한 색채와 상상력을 바탕으로 그려졌다. 이를 바탕으로 인간의 이성과 감성을 동시에 날카롭게 파고드는 특징이 있으며 인간의 추악함을 집중적으로 담아냈다. 이 작품은 1850년도에 그려졌으므로 시대가

조금 뒤쳐지긴 하나 낭만주의의 특성들을 잘 간직하고 있다.

오르세 미술관의 설명에 따르면[7], 단테의 〈신곡〉에서 단테는 베르길리우스와 함께 지옥을 구경하는데, 이 작품은 지옥의 8번째 골짜기에서 보게 된 장면 중 하나를 그림으로 표현한 것이다. 이 작품 좌측의 두 사람이 단테와 베르길리우스이다. 물어뜯고 있는 사람은 잔니 스키키이며, 물어뜯기는 사람은 그와 라이벌 관계인 이단자 연금술사 카포키오이다. 잔니 스키니는 자신에게 돌아올 상속을 요구하기 위하여 죽은 사람의 정체성을 찬탈하며 목을 물어뜯고 있는 것이다. 그들의 근육은 매우 섬세하게 표현되었으며, 두 사람의 긴박함과 난투는 동영상의 한 부분을 일시 정지시킨 듯 역동적으로 보인다. 하늘에는 악마가 팔짱을 낀 채 그들을 내려다보고 있다.

처음 이 작품을 보았을 때, 나는 검붉은 지옥과 한가운데에 새하얗게 빛나는 남성이 다른 남성을 물어뜯는 장면에 매료되었다. 낭만주의 작품이라는 생각은 도저히 떠올리지 못했다. 내게 있어서는 이 작품 속 물어뜯기는 카포키오가 마치 나 자신 같았다. 도저히 앞이 보이지 않는 검은 지옥에서, 등이 꺾인 채 위에서 밑으로 가해지는 중압감에 숨을 쉴 수 없었다. 하늘에선 악마가 내려다보고 단테와 베르길리우스라는 방관자는 아무 행동도 취하지 않은 채 조용히 침묵에 물어뜯기는, 눈에 뒤덮인 듯 새하얀 나를 바라보

---

7) "William Bouguereau Dante and Virgil." Musée d'Orsay: William Bouguereau Dante and Virgil, 4 Feb. 2009, www.musee-orsay.fr/en/collections/works-in-focus/painting/commentaire_id/dante-y-virgilio-21326.html?tx_commentaire_pi1%5BpidLi%5D=509&tx_commentaire_pi1%5Bfrom%5D=841&cHash=a0ffd6f2b4

고 있었다. 이 작품은 내게 있어서 두 번 다시 떠올리기 싫은 아픔들을 나지막이 자극하며 내 마음을 후벼 왔다. 동시에, 내 머릿속에는 과거에 지옥 같았던 시간들이 하나씩 재생되었다. 무기력함이 마치 뱀이 나무를 올라가듯 전신에 스멀스멀 기어올라왔다. 그렇게 나는 멍하게 박물관 구석에서 그림 한 점 만을 바라보며 꽤나 오랜 시간 동안 가만히 서 있었다.

이틀 뒤, 나는 오르세 미술관을 한 번 더 찾아갔다. 처음 이 작품을 봤을 땐, 목을 물어뜯는 두 명과 검은 분위기 밖에 보이지 않았다. 한참을 바라본 후, 옆에 서서 지켜보는 단테와 베르길리우스, 그리고 하늘에 떠 있는 악마가 보였다. 이틀이라는 시간이 지난 뒤, 다시 이 작품을 보니 사람들의 발치에 죽어 있는 한 사람이 있다는 것과 단순한 배경인 줄 알았던 오른쪽 부분이 전부 벌거벗은 사람들이라는 사실을 알게 되었다. 보면 볼수록 피 한 방울 없이도 이렇게 잔인하고 처절한 분위기를 낼 수 있다는 사실에 감탄밖에 나오지 않았다.

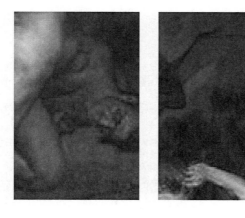

〈지옥의 단테와 베르길리우스〉는 내게 또 다른 기억을 일깨워주었다. 다른 사람들은 어땠을지 잘 모르겠지만 나는 어릴 때부터 죽을 고비를 여러 번 넘겼다. 초등학교 때, 비만이었던 사촌동생이 수영장에서 실수로 나를 깔고 앉아 있는 바람에 비명 한 번 지르지 못하고 물과 하나가 될 뻔했다. 그 뒤로 나는 수영장을 꺼리게 되었다. 불과 조금 전 까지만 해도 내가 앉아 있던 자리를 중심으로 커다란 체육관의 지붕이, 말도 되지 않는 이유로 무너져 내린 적도 있었으며, 사람들의 침묵에 의해 압살당할 뻔한 적도 있었다. 최근에는 친구가 운전하는 차량을 타고 여행을 가던 중, 커브를 크게 돌아 차선을 넘게 된 트럭과 정면으로 충돌할 뻔도 했다. 죽음 잠시 곁에 머물다 갔음을 온몸으로 느낄 때마다 겪는 특징이 있다. 사람이 과도한 긴장을 하게 되면 눈앞이 새하얘진다. 물리적으로 큰 충격을 받으면 눈앞이 붉은색으로 어지럽게 울렁거린다. 반면 죽음을 마주한 순간에는 앞이 보이지 않는다. 말 그대로 어두워진다. 그 일순간에 이렇게 사람이 죽는다는 것을 깨닫게 되고 살고 싶다는 열망, 분노, 그리고 슬픔이 동시에 댐이 무너져서 물이 쏟아지듯 터져 나온다. 이 그림을 볼 때마다, 그때의 기억이 다시금 되살아난다.

얼굴은 사람의 얼 즉, 넋을 담는 굴이라는 뜻이다. 사람이 죽음을 마주하게 되면 넋이 나간 듯 얼굴이 움직여지지 않는다. 비단 나만이 아니었다. 2014년 2월 17일에 죽음의 문턱에 다다랐던 수많은 사람들의 표정도 나의 그것과 비슷했다. 도로 한복판에서 내가 탔던 차와 정면충돌 할 뻔했던 순간에 트럭을 운전하시던 분과 조수석에 앉아 계셨던 분의 얼굴도 나와 똑같았다. 사고의 순간에, 사고를 예감한 순간에, 사람은 극심한 공포를 느낀다. (적어도 나와 내가 본 사람들은 그랬다.) 분명히 피해야 한다는 것은 알지만 공포라는 중압감에 손가락 하나 까딱할 수 없다. 그 짧은 시간에 일어나는 일은 매우 천천히, 자세히, 상세히 느껴지며 순간적으로 여러 생각들을 떠올리게 한다. 비록 신의 존재는 믿지 않지만, 그 능력은 신이 죽음의 경계선에 선 사람에게 내려준 축복이자 저주일 것이다.

바로 그 순간, 억겁처럼 느껴지던 찰나에 나는 이 삶이 언제든 끝날 수 있다는 것을 본능적으로 알게 되었다. 매우 종교적이며 철학적이고 비관적이지만, 나는 지금 당장이라도 죽을 수 있다는 것을 항상 염두에 두고 있다. 이 글을 쓰는 당장에도, 귀에 꽂아 둔 이어폰에 감전되어 죽을 수도 있다. 지진이 일어나는 바람에 내가 사는 아파트가 무너져 흙이 될 수도, 예측하지 못한 쓰나미에 휩쓸려 스틱스 강에 도달할 수도 있다. 내가 탄 버스의 브레이크가 고장이 날 수도 있다. 운 좋게 번개에 두 번 맞아 신의 권능을 몸소 체험할 가능성도 있다. 지금 당장 로또에 1등으로 당첨될 만큼의 가능성보다도 낮다고 생각되겠지만 절대로 0은 아니다. 치열하게 살다가 최고의 순간에 억울하게 끝나는 경우도 있다. 서울대에 합격한 뒤, 입학식에 차를 타고 가다가 교통사고로 사망했다는 뉴스도 본 적이 있다. 이처럼 삶은 너무 허망하다. 태어나면 반드시 죽게 되어 있지만 이렇게 불확실하게 살다가 끝나기엔 단 한 번뿐인 삶이 너무 아깝다.

셸리 케이건의 〈죽음이란 무엇인가〉라는 책을 읽은 적이 있다. 이 책에서는 사람들이 1분 1초 '살아가는 것'이 아닌 매분 매초 '죽어가는 것'이라고 설명했다. 죽음은 단지 육체가 살아서 움직이다가 파괴되는 것일 뿐이다. 죽으면 존재하지 않기에, 살면서 누리는 좋은 것들을 앗아가며 이 때문에 죽음은 나쁜 것이다. 하지만 죽음이 나쁘다는 것이 사실로 받아들이기 위해서는 그것이 사실이라고 또는 사실이었다고 말할 수 있는 '시점'이 존재해야 한다고 셸리 케이건은 말했다. 그 시점은 언제인가? 현재는 아니다. 아직 죽지 않았기 때문이다. 또한 죽고 나면 내가 존재하지 않게 된다. 내가 존재하지 않는데 어떻게 나에게 나쁠 수가 있을까? 따라서 죽음은 두려워할 필요가 전혀 없다. 죽음을 '부정'하거나 '무시'하는 태도는 합리적인 태도가 아니다. 죽음은 사람들의 행동에 대한 '동기'와 행동을 바꾸도록 하는 '근거'를 제공하기 때문이다. 죽음은 본질적으로 나쁜 게 아니다. 따라서 지금 현재 어떻게 살아가야 하는지가 가장 중요한 문제이다.

그렇다면 어떻게 사는 것이 가장 잘 사는 것일까? 뒤돌아봐도 한 점 후회가 남지 않도록 사는 것이 가장 좋다고 생각한다. 삶의 결말이 어떻게 될지는 아무도 모르는 일이지만 최후의 순간에 자신의 삶을 돌아볼 때, 후회하지 않는다면 편히 죽음을 맞이할 수 있을 것이다. 후회하지 않는 것은 어렵다. 후회는 마치 스스로가 키우는 검은 독사와 같아서 자신도 모르는 사이에 발목을 문다. 살다 보면 항상 후회할 일이 생긴다. 편의점에 가서 컵라면을 고를 때에도 "아, 저걸 먹을 걸 그랬나?"라는 생각을 한다. 학교에서 시험을 칠 때 다른 답을 적어야 했다는 생각부터 대학교 선택을 잘못 했다는 고민까지, 사람의 삶은 후회의 연속으로 가득 차 있다. 후회는 자신에 대한 분노를 낳게 되고 이것이 본인에게 부메랑처럼 다시 돌아오는 악순환이 반복된다. 어떻게 해야 후회의 순환 고리를 끊을 수 있을까?

후회하지 않는 삶을 위한 첫 번째 단계는 바로 자신을 믿고 사랑하는 것이다. 이는 간단하지만 어렵다. 혹시 거울을 볼 때마다 자신의 단점을 찾아내며, 자그마한 결함이 있다면 그것을 미워하고, 나아가 자신을 구박하며 학대하지는 않는가? 스스로에게 상처를 주며 자신의 가치를 스스로 떨어트리지는 않는가? 혹시나 실수를 하더라도 자신을 진정으로 믿고 사랑한다면, 마치 여자친구나 남자친구의 소소한 잘못을 용서하고 넘어가듯이 자신을 감쌀 수 있다. 자신에 대한 사랑이 부족하다고 생각된다면 하루에 한 번씩 꼬박꼬박 거울을 보며 자신에게 사랑한다고 표현을 해 보는 방법도 있다. 스스로에게 최면을 거는 것처럼 매일같이 반복하다 보면 진짜 스스로를 사랑하게 된다. 그렇게 되면 자신에 대한 믿음도 자연스럽게 생겨난다. 믿음은 매우 강력한 무기이기에 후회라는 독사를 사냥할 수 있는 발판을 마련해 준다. 과거 자신의 행동에 대하여 후회가 밀려오더라도 당시 그 판단을 내린 나 자신과, 그 판단이 당시에 최선이었음을 믿는다면 비록 타인에게는 '정신승리'로 비춰질지라도 최소한 후회는 하지 않을 수 있다. 당연히 이를 현실 도피의 수단으로 악용하지 않아야 하며, 앞으로의 발전에 대한 초석으로 사용되어져야 한다.

두 번째 단계는 철저한 자기분석을 통한 스스로의 발전이다. 자신을 무조건적으로 믿는다고 해도 자기분석은 반드시 필요하다. 지피지기 백전불태(知彼知己 百戰不殆)[8]라는 말이 있듯이, 자기분석은 곧 자신의 정신적인 성장으로 이어진다. 분석을 통하여 발견해 낸 자신의 단점을 가리라는 뜻은 아니다. 스스로를 분석하고, 잘못된 부분이 있다면 사랑으로 감싸며 고쳐 나가면 된다. 자신의 과거는 바꿀 수 없지만 지금부터 노력한다면 미래는 언제든지 스스로의 힘으로 바꿀 수 있다. 앞으로 같은 잘못을 스스로에게 저지르지 않도록, 자아존중감을 스스로 낮추지 않도록 본인이 노력해야 한다. 이 과정은 온라인 RPG(Role Playing Game)에서 나타나는 플레이어의 행동과 유사하다. 이런 종류의 게임에서 목표는 모든 플레이어가 레벨 1에서부터 시작하여 다른 누구보다 강해지는 것이다. 이를 위해서 레벨을 올려야 하며 더욱 좋은 장비를 갖추어야 한다. 그러나 무작정 레벨을 올리고 장비만 구하는 것은 최선의 길이 아니다. 자신이 키우는 캐릭터의 장단점이나 능력치 분석부터 한 후, 그 정보를 바탕으로 장점을 살릴 지, 단점을 가릴 지 등등의 판단 하에 앞으로의 진행방향을 결정해야 한다. 현실을 살아가는 것도

---

8) 상대를 알고 나를 알면 백 번 싸워도 위태롭지 않다는 뜻으로, 상대편과 나의 약점과 강점을 충분히 알고 승산이 있을 때 싸움에 임하면 이길 수 있다는 말

마찬가지이다. 게임에서 자신의 캐릭터를 연구하는 것처럼 나의 장단점과 성격, 그리고 재능 등을 알아야 한다. 분석과 발전을 바탕으로 스스로의 힘을 기른다면, 후회하지 않고 앞을 보면서 정진할 수 있다.

세 번째 단계는 모든 일에 최선을 다하며 살아가는 것이다. 어찌 보면 당연하다. 동시에 매우 어렵다. 귀찮은 일도 많으며, 대충 해도 아무도 모를 일을 굳이 최선을 다하여 열심히 할 필요가 없다는 생각도 들기 때문이다. 하지만 쉬운 일이라도 언제나 전력을 다한다면 실수도 줄어든다. 이를 누구보다 잘 실천한 사람이 나는 피겨여왕 김연아 선수라고 생각한다. 수없이 하는 실패 속에서도 최선을 다한다면 마치 김연아 선수의 완벽한 점프 동작처럼 성공률은 높아질 수밖에 없고, 본인의 자신감 역시 높아진다. 이미 피겨의 정점으로 등극했던 김연아 선수조차도 가벼운 마음으로 임할 수 있었던 소치올림픽 준비에 최선을 다했고, 마지막 순간까지 최선을 다한 만큼 그 결과도 웃으며 받아들였다. 이처럼 높은 자신감은 높은 자아존중감으로 이어지며 결국 자신에 대한 사랑으로도 이어진다. 실패 속에서 하는 작은 성공은 또다른 성공을 낳기에, 결국에는 사소한 '실패'때문에 오는 후회나 분노를 막을 수 있다.

네 번째 단계는 스스로를 용서하기이다. 앞서 언급했듯 자신을 쉽게 용서할 수 있는 것은 자신을 충분히 사랑하기에 가능하다. 전날 술을 마시고 했던 말이 기억이 나지 않는다고 해도, 시험 날 큰 실수를 했다고 해도, 큰마음 먹고 했던 결정이 좋지 않은 결과를 초래했다고 해도 자신을 용서할 수 있어야 한다. 그러나 모든 것을 용서한다는 이름 하에 과도한 자기합리화를 해서는 아니 되며, 매 순간 실수를 최소한으로 하려는 최대한의 노력이 동반되어야 한다. 이를 위해 모든 결정은 반드시 신중히, 모든 조건을 고려해서 조심스럽게 해야 한다. 한번 내린 결정은, 그 순간에 그 결정을 내린 자신을 믿고 밀어 나가야 한다. 이 과정에서 자신 이외에 다른 대상과는 절대로 비교하지 않아야 한다. 타인과 끊임없이 비교하다 보면 과도한 자만심이나 자신감 하락이라는 늪 속으로 빠져들게 된다. 어느 쪽이든 본인의 앞날을 스스로 가로막는 길이라는 사실은 변하지 않는다. 무엇보다도 절대로 존재할지도 않을 일에 대해 현재와 비교하지 않아야 한다. 현재가 가장 중요할 뿐더러 '만약'으로 시작되는 문장 중에서 자신에게 도움이 되는 말은 '앞으로는 하지 않겠다.'는 다짐 이외에는 하등 쓸모가 없다. 존재하지 않을 일과 비교를 하는 데에서 후회가 비롯된다. 비교를 하지 않는다면 자신에 대한 용서도 훨씬 쉬워진다.

마지막 단계는 조금의 여유를 찾는 것이다. 사람은 살아가면서 여유가 생길 때도, 없다고 생각될 때도 있다. 여유가 있다면 앞서 말한 모든 단계가 쉬워진다. 여유가 없다면 지금이라도 여유를 찾으면 된다. 지금까지 만 22년이라는 길지도 짧지도 않은 세월을 살아오면서 느낀 바로는, 여유는 본인이 원한다면 언제든 만들어 낼 수 있는 존재이다. 주변에 '내가 너무 마음에 여유가 없어.'라는 말을 달고 사는 사람이 있다. 객관적으로 보았을 때에, 왕복 3시간이나 되는 통학 시간에, 학교를 다니면서도 매일 6시간씩 아르바이트를 하며, 쌓여가는 과제는 퇴근 후 23시부터 시작했던 내가 오히려 여유가 없었다. 매일 수면부족에 시달리며 오전 수업에 집중하는 것도 힘들었던 내가 평균학점 4.0을 넘을 수 있던 것도 바로 마지막까지 잃지 않았던 마음 속의 여유 덕분이었다. '여유(Have time)'와 '시간(Time)'은 별개의 개념이기에, 시간이 아무리 없다 하더라도 여유를 부릴 수 있는 마음 한 켠의 빈 공간은 언제든 두어야 한다. 마음의 휴식(Relax)이 되는 '여유(Relaxed)'는 돈에서 나올 때도 있고, 시간에서 나올 때도 있고 혹은 다른 부분에서 생길 때도 있다. 분명한 것은, 여유는 자신감으로 직결된다는 점이다. 그러한 자신감을 보이는 사람은 어딘가 여유와 스스로에 대한 믿음이 있다. 여유에서 자신감이 나오며, 자신감에서 여유가 나온다. 자신감은 앞서 말했던 다른 단계를 통하여 강화할 수 있다. 이를 바탕으로 여유가 완성되며, 스스로를 더욱 매력적으로 만들어 준다. 이렇게 매력적인 '내'가 어떠한 실수를 한들, 어떻게 스스로 꼬치꼬치 캐묻고 괴롭힐 수 있겠는가? 다급한 일이 생긴다 하더라도 한 발자국 떨어져서 여유롭게 상황을 지켜보면 해결의 실마리도 보이는 법이다. 여유는 후회의 근원을 없애는 중요한 부분이다.

이 다섯 가지 단계는 별개처럼 보이지만 유기적으로 이어져 있다. 이 모든 것이 갖추어 졌을 때에 비로소 자기 자신에 대한 높은 신뢰가 형성되며, 이를 바탕으로 후회할 일 없이, 그리고 자기 자신에 대한 비난을 하지 않으며 살 수 있다. 무슨 일이 있더라도, 어떤 상황에 처하더라도, 이 세상 모두가 나의 적이 된다고 하더라도 최후의 내 편은 언제나 나 자신이라는 사실을 잊어버리지 말아야 한다. 지옥에서의 경험과, 죽음이 곁을 스쳐 지나갔을 때의 느낌을 바탕으로 나는 후회 없는 삶을 살기로 결심했다. 죽음이 나를 찾아오는 순간에 단 한 점의 후회도 남아있지 않음을 알기에, 나는 죽음이 반갑지는 않지만 무섭지도 않다.

짙은
도시의
아이들

Noting Heal : Color

참 이상한 말이 아닐 수 없다.
정상이라는 말은 그것이 포함하는 범위 밖에 있는
모든 것을 비정상으로 간주한다.

짙은 도시의 아이들

윤현지

비행 청소년? 피해 청소년.

비행 청소년. 우리 사회가 가출 청소년을 정의하는 또 다른 이름이다. 중 · 고등학교 시절 누구나 들었을 비행 청소년 예방 교육에서도 가출 청소년에 대한 내용은 단골 요소였다. 강사가 사용하는 프레젠테이션 자료의 한 켠을 늘 지켰던 이름. 범죄 · 우범 행위 등을 하는 12세 이상 20세 미만의 청소년을 통틀어 이르는 말인 비행 청소년의 범주에 가출 청소년이 포함되는 건 서글픈 일이 아닐 수 없다. 살기 위한 가출도 비행으로 정의하는 것은 지옥으로부터 벗어나기 위해 발버둥치고 있는 그들에게 너무도 가혹한 처사가 아닌가. 이에 대해 이화여대 사회복지학과 정익종 교수는 "가출 청소년이 꼭 비행 청소년이라기보다는 피해청소년일 수도 있다는 생각을 염두에 두면 좋을 것"이라고 이야기한다. 가출 청소년에 대한 깊은 이해를 통해 이제는 그들을 위한 새로운 카테고리를 만들 필요가 있을 것이다.

신조어, '가출팸'

2011년 무렵부터 신문 기사에 등장한 단어가 하나 있다. 그건 바로 '가출팸'인데 당시 기사의 내용이 가출 청소년에 관한 것이라면 꼬리표처럼 따라 붙던 명칭이다. 가출이라는 단어와 패밀리라는 단어가 합쳐져 만들어진, 일종의 신조어인 셈이다. 우리 사회는 가출 청소년을 어떻게 집으로 돌려보낼 것인가에 대해 지대한 관심을 가지고 있다. 특히 언론은 그들의 가출 원인보다 그들이 저지르는 범죄에 더욱 집중하며 하루 빨리 대책을 마련해야 한다고 주장한다. 하지만 청소년 쉼터 관계자들에 따르면 살기 위해 집에서 나온 아이들을 다시 집으로 돌려보낼 수 없는 상황도 분명 있다는 걸 알 수 있다. 실제로 여성가족부에서 제공하는 2017 청소년 통계에 따르면 '가족과의 갈등'은 청소년 가출 원인의 74.8%를 차지했다. 또한 2012년 8월 26일에 방영되었던 SBS 스페셜, 「가출 패밀리 - 나의 집은 어디인가」에서 취재한 아이들의 가출 원인 중 가장 많은 비율을 차지한 건 가족의 폭력이었다.

이러한 상황에 따라 정부에서는 청소년 쉼터의 수를 점차 늘리기 시작했다. 그 결과, 2008년 76개에 불과했던 청소년 쉼터가 2016년 6월말에는 119개로 늘어났다. (서울 청소년 드림쉼터가 제공하는 정보에 의하면 2017년 2월 기준으로 청소년쉼터는 전국 123개소가 운영된다고 한다.) 그에 따라 2008년, 23만여명에 그쳤던 1년간 청소년 쉼터 이용인원이 2016년에는 반년간 24만명을 기록하게 되었다. 물론 이 자료는 가출 청소년의 수가 늘어났음을 의미하지 않는다. 2013년 9월 7일에 방송된 위기의 아이들 4회, 「갈 곳 없는 아이들, 가출 그 후」에서 그 상황을 살펴볼 수 있다. 영상에 담긴 아이들은 잠시나마 몸을 쉴 수 있는 곳을 찾고자 한다. 하지만 그마저도 여의치 않다. 짧게는 3개월에서 길게는 3년까지 머무를 수 있는 단기 쉼터 혹은 중장기 쉼터는 더 이상의 인원은 수용할 수 없다고 이야기한다. 하는 수 없이 일시 쉼터를 찾으려 해도 일은 마음대로 풀리지 않는다. 이미 인원이 다 차버려 다른 지역까지 건너가야 하는 경우가 있는가 하면 그것마저 가능하지 않은 경우도 있다. 고작해야 하루 쉬었다 갈 수 있는 환경을 만들어주는 단기 쉼터조차 아이들은 자유롭게 이용할 수 없는 것이다. 운이 좋아 단기 쉼터에 들어가게 되었다 해도 상황은 크게 달라지지 않는다. 머무른 지 3개월이 넘어가는 순간부터 아이들은 다시 길거리로 나설 준비를 해야 한다. 게다가 경우에 따라 정해진 기간 안에 일자리를 구하지 못하면 쉼터를 떠나야 할 때도 있다. 아이들의 자립을 위해 만들어진 규칙이지만 고등학교조차 졸업하지 못한 아이들에게 사회는 냉담하다. 아이들은 가출했다는 사실을 숨기려 애쓰지만 그렇다 해도 쉽게 일자리를 구할 수 없는 것이 현실이다.

제 2의 가족

　이렇게 갈 곳을 잃은 아이들은 어떻게 되는 걸까. 홀로 거리를 떠도는 아이들도 있지만 게 중에는 무리를 이루어 일종의 가족을 만드는 아이들도 있다. 그리고 우리는 이를 두고 가출팸이라 이야기한다. 처음 가출한 뒤 혼자 다니는 건 위험하다고 판단한 아이가 함께 다닐 또 다른 아이를 구하면서 가출팸은 시작된다. 아이들이 무리를 지으며 모이는 이유는 다양하다. 「가출 패밀리 - 나의 집은 어디인가」에 나온 두 여자 아이는 여자 두 명에서 다니는 것이 위험하다 판단되어 함께 지낼 남자 아이를 구하려 한다. 해운대의 어느 집에서 함께 사는 또 다른 가출팸의 아이들의 경우에는 친구의 친구, 또 그 친구의 친구가 하나 하나 모여 어느새 5명의 아이들이 함께 살게 되었다고 이야기 한다. 같은 집에서 함께 먹고 자며 생활하는 아이들은 서로를 통해 외로움을 달랜다. 더 이상 가족에게서 받을 수 없게 된 애정을 서로 주고 받는다. 혼자 생활하는 것보다 즐겁고 재미있기 때문에 함께 사는 거라고 이야기하기도 한다. 이런저런 이유로 함께 지낼 사람을 찾는 아이들은 집을 가진 아이를 중심으로 모인다. 자신이 들어갈 가출팸을 정할 때 아이들이 가장 먼저 고려하는 것은 안정된 집의 유무인 것이다.

　인간에게 '집'이라는 공간은 모든 것을 내려놓고 쉴 수 있는 휴식처이자 경계심을 늦추어도 보호받을 수 있는 동굴이다. 그런 집이 가출 청소년들에게는 '탈출해야 하는 곳'이다. 아이를 향해 주

먹을 드는가 하면 쇠파이프로 때리기도 하는 사람이 있는 곳은 더이상 집이 아니다. 그렇게 보호받을 수 있어야 하는 곳에서 보호받지 못한 아이들은 안전한 곳을 찾아 집에서 나온다. 집의 의미가 휴식처이자 안식처라면 아이들의 집은 건물 안이 아닌 밖인 셈이다. 하지만 아이들은 거리도 휴식처가 아니라는 것을 금방 깨닫는다. 당장 오늘 먹을 것을 사기 위해 범죄를 저질러야 하는가 하면 여자 아이들은 성매매를 강요받기도 한다. 이런 상황에서 아이들이 또다시 새로운 안식처를 찾아 떠난다. 그리고 이때 아이들은 다시 '집'에 돌아온다. 벗어나야 할 어른들이 기다리는 집이 아닌, 또래 아이들이 함께 살며 생활하는 집으로. 이런 아이들에게 믿고 의지할 수 있는 가족이 생긴다는 건 첫 휴식처가 생기는 것을 의미한다.

물론 아이들은 새로운 가족을 맞이할 때조차 긴장을 늦추어서는 안 된다. '보도' 아이들이 노래방 도우미를 일컫는 말이다. 함께 살게 된 언니 혹은 오빠로부터 이런 제안을 받은 아이는 막상 눈앞에 돈이 없고 막막하니까 제일 쉬운 방법을 찾게 된다고 이야기한다. 또 어떤 경우에는 '일털'을 당하기도 한다. '일털'이란 일행털이의 줄임말로, 새로 맞이한 가출팸의 일원이 며칠도 채 되지 않아 아이들이 집을 비운 사이 집 안에 있는 돈과 물건을 모두 챙겨 달아나는 일을 의미한다. 이때 아이들은 신고조차 하지 못한다. 다시 집으로 돌아갈 수 없는 아이들은 결국 마음을 내어주었던 일행에게 모든 것을 빼앗기고 다시 처음부터 시작해야 한다. 뿐만 아니라 같은 가출팸의 아이가 다른 아이에게 폭력을 휘두르는 경우도 있다. 이 때문인지 아이들은 일행을 구할 때 면접을 보기도 한다. 함께 살게 되었을 때 폭력을 쓰지는 않을지, 겨우 모아 놓은 돈을 훔쳐 달아나 버리지는 않을지.

가출팸의 해체는 앞서 언급한 것 이외의 원인으로도 이루어진다. 10명으로 이루어진 가출팸을 책임지던 남자 아이 하나가 배달 아르바이트를 하던 중 사고로 세상을 뜨자 가출팸은 뿔뿔이 흩어졌다고 한다. 2013년 SBS 스페셜 촬영 당시 해운대 가출팸에 속해 있던 나라(가명)도 그 중 한 명이었다. 그러나 새롭게 가족을 찾아 다시 일상을 만들어나갈 수 있게 된 나라와는 달리 다른 아이들은 가출팸을 책임지는 가장과도 같았던 남자 아이가 죽자 하나 둘씩 범죄를 저지르기 시작했고 결국에는 모두 소년원에 갔다고 한다. 아직 20살도 되지 않은 청소년들로 이루어진 가족도 누군가의 죽음으로 인한 해체를 겪은 것이다.

21세기의 가족

일반적으로 가족은 혈연, 혼인, 입양 등으로 한 집안을 이룬 사람들의 집단을 말한다. 이는 곧 법적인 관계로 얽혀 있는 사람들의 집단이라고 해석할 수도 있을 것이다. 더불어 이러한 가족은 그 의미에서 가구와는 차이를 보인다. 가구는 혈연관계와는 상관없이 주거와 생계를 같이하는 단위이다. 이는 크게 일반 가구와 집단 가구로 분류될 수 있다. 일반 가구는 혈연 가구, 비혈연 5인 이하 가구, 1인 가구를 포함하며 집단 가구는 비혈연 6인 이상 가구, 집단시설가구 를 포함한다. 이때 가출 청소년이 만드는 가출팸은 비혈연 5인 이하 가구 혹은 비혈연 6인 이상 가구에 속하게 된다.

그런데 가출팸을 가족으로 정의할 수는 없을까. 분명 가출팸의 형태는 우리 사회가 정의하는 가족의 형태와 확연히 다르다. 하지만 우리는 가족을 상호 간에 정서적인 안정감을 주는 사람들로 구성된 집단으로 정의할 수도 있다. 이는 제도적인 측면에서 벗어나 정서적인 측면에서 가족을 바라볼 때 가능하다. 여러 차례의 시행착오 끝에 안정화된 가출팸의 구성원들은 서로가 서로에게 피난처이자 버팀목이 되어줄 수 있다. 손이 닿지 않는 먼 미래를 상상할 때면 그곳에는 늘 가출팸 모두가 웃고 있다. 폭력을 피해 집을 나온 아이들에게 꿈은 다시 가족의 품으로 돌아가는 것이 아니다. 아이들이 원하는 것은 새로운 가족과 함께 할 보금자리이다. 한국 사회는 법적으로 인정된 관계만을 가족이라 부르는 경향이 있다. 이런 사고방식에서 생기는 폭력적인 단어가 바로 '정상 가족'이다. 한국 사회에서 말하는 정상 가족은 전형적인 핵가족의 형태를 띤다. 혼인 신고를 한 여성과 남성, 그리고 그 사이에서 태어난 자녀들. 정상 가족이 포용하는 범위는 딱 거기까지인 셈이다. 참 이상한 말이 아닐 수 없다. 정상이라는 말은 그것이 포함하는 범위 밖에 있는 모든 것을 비정상으로 간주한다. 그뿐만이 아니다. '정상 가족'이라는 단어에서 정상이라는 것이 가지는 기준도 의문점이다. 대체 무엇이 정상인가. 그 답이 부모와 자녀로 구성된 가족이라면, '정상'이라는 단어는 가장 널리 퍼져 있는 가족의 형태, 그 이상도 그 이하도 아니게 된다. 대부분의 사람이 가지는 특성이라 하여 그것이 일반적이고 정상적인 것이라 칭할 수는 없는 법이다.

맥락은 같다. 가출팸은 우리 사회가 정의하는 정상 가족이 아니다. 그들은 일반적인 가족의 형태를 취하지도 않으며 다른 가족들 대부분이 가지는 특성을 공유하지도 않는다. 그렇다 하나 그들의 이름에서도 알 수 있듯 가출팸 또한 '가족'의 한 형태이다. 그 구성원에는 엄마도, 아빠도, 딸도, 아들도 없지만 가출팸에 속한 아이들은 한 지붕 아래에서 함께 살아간다. 물론 그 아이들 모두가 법적인 제도를 어기지 않고 살아간다고 하지는 못 한다. 다만 다시 시작하기 위해 모인 아이들까지 묶어서 비행 청소년이라 칭할 필요는 없다. 아이들이 모여 사는 것을 두고 단순히 남과 남이 만나하는 동거라고 할 수는 없다. 분명 아이들은 서로 얼굴조차 모르고 살아왔지만 서로에게 정서적인 안정을 주는 사이가 되었다면, 아이들은 더 이상 남이 아니다.

중요한 것은 사전적인 정의가 아니다. 초등학교 사회 과목 교과서는 가족의 역할을 이렇게 설명한다. 첫째, 가족은 구성원에게 안식처가 되어준다. 둘째, 가족은 경제 활동에 있어 가장 기본적인 단위이다. 셋째, 구성원이 사회에 적응할 수 있도록 돕는다. 물론 가족의 역할이 단 세 가지로 충족될 수는 없겠지만, 다음과 같은 이유로 이 글에서는 가족의 역할을 세 가지로 추렸다. 첫 번째, 가족의 역할에는 출산을 통해 사회를 유지시키는 것도 포함이 되겠지만, 최근에는 부부가 아이를 낳는 것이 당연시되지 않는다. 출산 계획이 없는 부부도 존재한다. 하지만 아무도 그 부부를 두고 가족이 아니라고 하지 않는다. 따라서 가족이 되기 위해 반드시 충족시켜야 하는 역할에서 출산을 제외했다. 두 번째, 가족은 어린 아이들과 노인들을 보호하는 역할을 하기도 한다. 그런데 가출팸의 경우 노인 구성원을 포함하지 않는다. 또한 아이를 보호하는 가족의 역할은 구성원 중에서도 성인에 해당하는 구성원이 수행한다. 가출팸은 성인을 구성원으로 두는 경우가 극히 드물다. 따라서 그 역할 또한 지금은 잠시 배제해두기로 하자. 따라서 이 글에서는 가족의 역할을 세 가지로 이야기한다. 물론 무작정 모든 가출팸을 가족으로 정의하자는 것이 아니다. 하지만 사회에서 말하는 가족의 정의에 어긋나더라도 그 역할을 다 하고 있는 집단을 두고 가족이 아니라고 말할 이유는 없을 것이다.

가출팸 중에는 앞서 언급한 가족의 역할을 모두 충족하는 이들이 분명 있다. 어떤 아이들은 함께 사는 사람들이 있어 외롭지 않다고 이야기한다. 힘들 때도 있지만 늘 즐겁다고 말한다. 이 아이들에게 가출팸은 스스로를 약자로 정의해야 하는 사회에서 유일한 안식처가 된다. 학력도, 나이도 아이들에게는 불리하게 작용한다. 생계를 유지하기 위한 아르바이트를 구하기 힘든 게 현실이다. 그럼에도 가출팸의 구성원인 아이들은 함께 살기 위해 어쩔 수 없다고 말한다. 고된 일이지만 저녁에 모여 앉아 밥을 먹을 때면 아이들은 또 웃는다. 그 모든 모습이 가출팸은 아이들에게 안식처라는 증거가 된다. 또한 가출팸은 함께 소비하고, 그를 위해 경제적인 활동을 한다. 비록 안정적인 직장을 얻을 수는 없지만 아르바이트를 통해 생계를 이어간다. 이런 면에서 가출팸 또한 경제활동의 한 단위가 될 수 있을 것이다. 함께 사는 아이들의 소비 습관은 가족의 그것과 다르지 않다. 마지막으로 가출팸은 그 구성원이 사회에 적응할 수 있도록 해준다. 정서적인 교류와 감정의 공유는 구성원이 되는 아이들로 하여금 소속감을 느끼게 한다. 가족에게 상처 받은 아이들은 가출팸 구성원들을 통해 누군가와 일상을 공유하는 방법을 배운다. 정서적인 유대감과 서로에 대한 배려는 그 구성원들이 사회에서도 더불어 살아가는 방법을 배운다. 이렇게 가족의 역할을 모두 충족시킨다면 이제 그들은 가족이라 불릴 수 있지 않을까.

이 글에서 말하는 가출팸의 이야기가 누군가에게는 지극히 이상적인 것으로 들릴지 모르겠다. 좋은 일이지만 현실에서 실현 불가능한 그런 이상. 그러나 꼭 그렇지만은 않다. 가출한 청소년들을 두고 일방적인 비행 청소년 낙인을 찍지 않는다면, 아무런 도움도 없이 거리로 내몰린 아이들에게 적절한 지원과 충분한 관심이 주어진다면 결코 불가능한 이야기가 아니다. 가출 청소년이 모두 비행 청소년인 것은 아니다. 아이들은 그 나름의 방식대로 더불어 살아간다. 그 아이들이 모여 가출팸을 이룬다. 때로는 쉼터가 되고,

때로는 최소한의 생계 유지를 위한 경제 활동의 장이 되고, 또 때
로는 사회에 적응하는 법을 배우는 학교가 되는 가출팸은 이미 아
이들에게 가족인 셈이다.

불

안

Noting Heal : Color

아이는 울음을 짜고, 나는 기대를 짜고, 아버지는 대답이 없다.
나는 그의 포스트잇을 떼내어 손바닥 안에서 구겨버렸다.
바스락, 짧은 소음과 함께 그의 항의가 사라졌다.

불안

    똑같은 소리가 규칙적으로 반복된다. 바위에 힘껏 몸을 부딪쳤던 파도가 물러나고 나면 다음 파도가 그 뒤를 이었다. 8시간째, 이어폰에선 같은 종류의 화이트 노이즈가 반복 재생되고 있다. 책상 위에 펼쳐진 문제집이 물러가는 파도와 함께 아득해졌다. 더 이상 펜을 잡고 있는 건 의미 없는 일이었다. 채워진 글자들의 경계가 흐려지고 눈앞이 핑핑 돌았다. 이 상태로 책상 앞에 앉아 있는 건 시간낭비일 뿐이었다. 시큰거리는 눈두덩을 한쪽 손으로 지그시 누르며 책을 덮었다. 책의 표지에는 어느 히어로물의 포스터에서나 볼 수 있을 법한 유치한 로고가 인쇄되어 있었다. 나는 덮은 문제집을 책상의 한 구석으로 밀었다. 쏟아지는 피로를 간신히 이겨내고는 있지만 이만큼으로는 얼마 가지 않아 잠들 게 뻔했다. 세수라도 한 번 하고 와야 할 것 같아 자리에서 일어나려던 찰나, 초인종이 울렸다, 딩동.

    반사적으로 현관문 쪽을 쳐다봤을 때, 초인종이 한 번 더 울리진 않았다. 아버지는 이미 출근한 뒤인 듯했다. 집 전체가 이상하리만치 고요했다. 다시 초인종이 울린다면 바로 나가보기 위해 책상 의자에 앉은 채로 몸만 길게 빼서 현관 쪽으로 틀었다. 머릿속에서 빠르게 몇 사람이 스쳐갔다. 이 집을 찾아올 만한 사람은 그리 많지 않았다. 곧, 현관 너머에서 남자의 목소리가 들려왔다. 저기요. 계세요. 불만이 있어 올라 온 아랫집이라기엔 지나치게 공손했다. 자리에서 일어나 현관문 앞으로 가는 동안 문 너머에 서 있을 남자가 초조한 듯 소심하게 문을 두드렸다. 둥둥둥. 두꺼운 철문을 두드리는 소리치고는 꽤 무딘 소리였다. 현관문을 살짝 벌려 열자, 낯선 남자는 한 발자국 물러섰다. 열린 문틈 사이로 빼꼼 얼굴을 내밀고 올려다 본 남자의 눈은 갈피를 잡지 못한 채 방황하고 있었다. 처음 보는 남자였다.

단정하게 다듬어 놓은 머리. 체크무늬 남방. 트레이닝복 바지. 흰 운동화. 평범한 행색이었다. 운동화에서 얼굴로 다시 시선을 옮기자 남자와 눈이 마주쳤다. 무언가 할 말이 있긴 한 건지 남자는 얇은 입술을 몇 번 달싹거렸다. 학생, 저기, 미안한데. 그 짧은 말을 하는 동안에도 남자는 가만히 서 있지 못했다. 안쪽으로 둥글게 굽은 어깨 탓에 그는 바람에 나부끼는 빨래마냥 위태로웠다. 녹아내릴 듯 흐물거리던 그의 몸이 드디어 자리를 잡는가 싶더니, 그는 더듬더듬 말을 이어나갔다. 그, 내가, 너무 피곤해서 그러는데. 혹시, 수도꼭지 좀. 확실히, 잠가 줄 수 있을까? 그의 말은 매끄럽게 이어지지 못하고 툭툭 끊겼다. 마주잡은 채 꼼지락 거리는 그의 손가락들을 내려다보며 나는 뭐라 대답해야 할지 잠깐 고민했다. 사실 그는 대답을 기다린다기보다 우리 사이의 침묵을 무서워하고 있는 것 같았다. 다시 그와 눈이 마주쳤다. 내 눈길을 피하지는 않았지만 그는 조금이라도 빨리 자리를 뜨고 싶어 하는 듯했다. 누구세요? 문을 연 후 내가 했던 첫마디였다.

　그 날 아버지는 저녁 늦게야 집에 돌아왔다. 갔다 왔어요? 침대 위에 엎드려 있다 아버지와 눈이 마주치자마자 인사를 건네긴 했지만 답은 돌아오지 않았다. 아버지는 내 방으로 들어와 보일러를 틀곤 곧장 화장실로 향했다. 아무래도 내 인사에 답할 생각이 없는 것 같았다. 대답 좀 해주지. 욕실 앞에서 타월을 집어 드는 등에 대고 중얼거린 말을 듣기라도 한 건지 아버지가 돌아봤다. 응. 그게 끝이었다. 사실 더 이상 할 말도 없었다. 아버지는 그걸 끝으로 욕실에 들어가 버렸다. 변기 물이 내려가는 소리. 양치하는 소리. 입을 헹구는 소리. 욕조에 물을 채우는 소리. 아버지의 동선이 눈에 그려졌다. 이제 샤워기를 틀고 목욕을 시작할 것이다. 샤워기 물줄기가 화장실 타일에 부딪치는 소리가 꼭 이어폰 속의 파도소리 같았다. 침대 위를 뒹굴며 그 소리를 듣고 있으면 그가 다시 찾아올 지도 모른다는 생각이 들었다. 낮에 찾아왔던 그는 누구시냐는 내 물음에 얼마 전 아랫집으로 이사 왔다는 말만 남긴 채 자리를 떴다. 어물쩍거리던 모습과는 반대로 갈 때는 뭐라 할 틈도 없이 휙 가버렸다. 도망쳤다는 표현이 맞을 지도 모르겠다. 작은 키에 마른 체형은 여기저기 굽어 있는 그의 뼈마디마디를 더 돋보이게 했다.
　그의 뒷모습을 떠올리며 나는 다시 책상 앞으로 돌아갔다. 낮에 하다 만 공부를 마저 해야 했다. 하얀 벽지 위, 일과표와 함께 붙은 노란 포스트잇의 숫자만큼 오늘 공부할 분량은 많이 남아 있었다. 다니던 고등학교를 자퇴한 뒤로부터는 내 시간을 자율적으로 이용할 수 있었다. 그게 가장 큰 장점이었다. 다만 자퇴는 그 장점에 비해 단점이 더 많았다. 한 달 단위로 짜 놓은 계획표는 결국엔 내가 죄다 밟고 올라가야 할 긴 계단이었다. 정확한 목표가 있기는 했으나 그 외의 것은 무엇 하나 확실치 않았다. 스트레스는 매일 붙이고 다시 떼는 포스트잇처럼 생겼다 사라지고, 사라졌다 다시 생겼다. 문제집 위로 빼곡하게 쓰여 있는 글들은 오히려 그림 같아 보였다. 멍하게 앉아 손가락 사이로 펜만 빙빙 돌렸다. 손가락 사이를 빠르게 돌아다니던 펜이 손톱에 부딪혀 방구석으로 날아가고 나서야 나는 자리를 털고 일어섰다. 이런 날은 깔끔하게 손 놓고 쉬는 편이 낫다.

네모난 알람시계가 오래된 벨소리를 내며 울었다. 나는 무거운 눈꺼풀을 가까스로 밀어올리고 알람을 껐다. 내가 태어나기 전부터 썼다던 알람시계는 내가 열여덟 살이 되는 동안 고장 한 번 나지 않고 일했다. 데시벨 높은 벨소리가 알람을 끄고 나서도 한참이나 이명으로 귓가에 맴돌았다. 귀 안쪽이 아리다고 생각하며, 책장에서 한국 문학 단편 선을 빼 들고 잠시 서성거리다, 매트리스 위에 책을 올려두었다. 매트를 살짝 누를 만큼 두꺼운 책은 사전 두 권을 합쳐 놓은 무게만큼 위협적이었다. 봄이었지만 아직 아침 공기는 서늘했다. 나는 이불을 뒷목까지 끌어올리고는 베개를 팔꿈치

밑으로 깔고 엎드렸다. 그리고 그대로 다시 잠들고 싶은 욕구를 의식적으로 쫓으며 책을 펼쳤다. 김동인의 〈감자〉가 인쇄된 페이지를 펴고 해제와 본문을 번갈아 가며 반 정도 읽었을 즈음, 욕실에서 뚝, 뚝 물방울이 떨어지는 소리가 들렸다. 오래된 샤워기에서 물이 새는 것 같았다. 여러 번 고치려 해봤지만 돈을 들여 샤워기 전체를 교체하는 것 말고는 아버지나 내가 할 수 있는 일은 없었다. 뚝, 뚝, 뚝, 뚝, 뚝. 희미하면서도 단호했다. 나는 애써 다시 책을 읽기 시작했다. 기자묘, 뚝. 솔밭에, 뚝. 송충이가, 뚝. 끓었다, 뚝. 아주 옅고 희미하게 들리던 소리는 점차 커졌다. 뚝, 뚝, 뚝, 뚝, 뚝, 뚝. 나는 이불을 젖히고 일어나 책상 위에 올려둔 소음방지 귀마개를 구겨 귀 안에 집어넣은 뒤 다시 책으로 눈을 돌렸다. 그러나, 뚝, 뚝, 뚝, 그럼에도 불구하고, 뚝뚝, 뚝. 방문 너머로 달그락거리는 소리가 들려왔다. 엎드린 자세 그대로 손을 뻗어 방문을 열자 식탁에 앉아 있는 아버지와 눈이 마주쳤다. 아버지는 입 안 가득 밥을 넣어 우물거리고 있었다. 일어났나. ……응. 양 볼을 가득 메운 음식물 탓에 발음이 뭉개졌다. 밥은 먹었드나. ……응. 입 안에 든 것을 삼키며 나를 가만히 보던 아버지는 곧 고개를 돌렸다. 출근할 시간이 다 된 모양이었다. 나는 밥을 넘기는 아버지의 목을 쳐다보다 방문을 닫았다.

겨우 한 편을 다 읽었지만 내용을 머릿속에 다 집어넣을 순 없었다. 김동인의 문장들은 단순했지만, 뉴런을 타는 순간 산산이 흩어졌다. 문제부터 풀어보려 했지만 무엇 하나 헷갈리지 않는 게 없었다. 샤프 끝을 이로 깨물며 같은 선택지를 몇 차례 읽었을 쯤 방바닥에 내려 둔 휴대폰이 진동하기 시작했다. 나는 제발 봐달라는 듯 자리까지 옮겨가며 몸을 떨고 있는 휴대폰을 주워들었다. 이 시간에 나한테 전화할 사람은 아버지 밖에 없었다. 여보세요. 아침에 밥 챙겨 먹었나. 먹었다니까……. 이런 식의 통화는 아침 인사 대용이었다. 아버지도 특별히 전할 소식 같은 건 없을 것이다. 문제집 위에 자잘한 낙서를 해가며 의미 없는 대화를 이어가던 도중 초인종이 울렸다. 아버지 잠깐만. 좀 있다 전화 할게요. 전화는 대답 없이 끊겼다. 느릿느릿 몸을 일으켜 현관으로 가는 동안, 저번의 그 남자 일 거라는 확신이 들었다. 그러나 남자의 목소리는 들리지 않았다. 문을 열었을 때도 마찬가지였다. 문 앞에는 아무도 없었다. 혹시나 싶어 한 두 걸음 밖으로 나가봤지만 보이는 거라곤 앞집 문 앞에 놓인 우유 두 곽 뿐이었다. 다시 집으로 들어가기 위해 고개를 돌린 곳에, 포스트잇이 하나 붙어 있었다. 분홍색 사과모양 포스트잇에는 꾹꾹 눌러쓴 듯 짙은 글씨가 쓰여 있었다.

학생
발소리가 너무
커요. 그리고
될 수 있으면 낮에는
휴대폰 끄면
안 될까요

나는 문을 닫고 들어와 포스트잇을 반듯하게 접어 쓰레기통에 버렸다. 그는 복도 벽에 바짝 붙어 정성스레 포스트잇을 붙였을 것이다. 그리고는 수차례 심호흡을 했겠지. 그러면 충분히 가능한 일이다. 초인종을 누를 때에는 어느 때보다 긴장했을 테고 누구보다 빠르게 계단을 내려갔을 게 분명했다. 저번에도 남자는 꼭 겁에 질린 사람처럼 굴었으니까. 나는 방으로 들어와 문을 닫았다. 문이 일으키는 바람 소리. 경첩이 돌아가는 소리. 문이 닫히고 창문이 흔들리는 소리. 문손잡이가 돌아가는 소리. 그 모든 게 날을 곤두세우고 있었다. 펼쳐뒀던 책을 덮었다. 휴대폰을 손에 쥐고 침대에 걸터앉자 매트를 받치고 있는 스프링이 제각기 아우성쳤다. 이대로 누워 잠들고 싶었지만 그럴 수 없었다. 일과표 속의 나는 한국문학을 공부해야 했다.

고등학교에 입학할 즈음 아버지가 거실로 나를 불러 앉혔다. 니나중에 졸업해서 뭐 할끼고. 나는 아직 공부가 재미있다고 대답했다. 공부를 제외한 다른 것을 해 본 적이 없었다. 선택권은 그것밖에 없었다. 아버지는 나를 아꼈지만 사소한 것까지 챙겨주는 것은 별개의 문제였다. 아버지는 직장에 나가야 했고, 집안일도 해야 했다. 내가 살고 있는 집의 안팎에서 벌어지는 모든 일은 아버지에 의해서만 제대로 돌아갈 수 있었다. 스스로를 돌보기도 벅찬 사람에게 매달려 하고 싶은 것을 늘어놓을 수는 없는 일이었다. 해보고 싶었던 것은 많았다. 유치원을 다니는 동안에는 가족들과 기차 여행을 갔다 오는 친구들이 부러웠다. 초등학교에 입학했을 때는 미술 학원이나 음악 학원도 다녀보고 싶었다. 그러나 아버지는 그렇게 해줄 여건이 되지 않았다. 그래서 그냥 공부가 재미있다고 했다. 아주 조금 여유가 생겼던 그때의 아버지는 딸에게 관심을 가져주고 싶었고, 결국 그 해 크리스마스 선물로 문제집 한 권과 책 한 권을 샀다. 〈좋은 교사가 되는 101가지 방법〉. '교사'라는 글자는 다른 글자들보다 세 배는 컸다. 뜯어 놓은 포장지를 곱게 접어 손에 쥔 아버지는 선물과 나를 번갈아 쳐다보며 가무잡잡한 얼굴에 대비되는 하얀 이를 드러내며 뿌듯하게 웃었다. 적어도 딸을 사랑하는 좋은 아버지가 고심 끝에 고른 최고의 선물이었다. 감사합니다. 울렁거리는 속을 꾹꾹 눌러 담으며 나는 따라 웃었다. 나는 아버지의 특별한 선물에 대놓고 섭섭해 할 만 한 사람이 되지 못했다. 그 선물이 〈좋은 교사가 되는 101가지 방법〉이라고 하더라도. 그러니까, 나는 단 한 번도 가지고 싶은 것을, 하고 싶은 것을 아버지에게 말해 본 적이 없었다. 그런 나를 두고 아버지와 친척들은 착한 딸이라며 칭찬을 아끼지 않았다.

일과표와 포스트잇이 붙은 책상과, 포근한 매트리스가 깔린 침대 옆에서 어물거리는 사이, 옆집 아이가 울기 시작했다. 마른 눈물을 짜내려는 듯 아이는 생목으로 고함을 질렀다. 잠깐씩 울음소리가 끊기기는 했지만 얼마 가지 못했다. 그친 듯 했던 울음소리가 다시 시작될 때면 아이 엄마의 짜증이 뒤를 이었다. 혼을 내려는 것도 같았지만 큰 효과는 없었다. 처음 몇 번 시원하게 터져 나오던 울음소리는 얼마 지나지 않아 끅, 끅, 하는 딸꾹질로 이어졌다. 아마 아이는 다음 울음을 짜내기 위한 시동을 거는 중일 것이다. 마지막에 이기는 건 엄마가 아닌 아이 쪽일 듯 했다. 아이는 억지로 우는 방법을 알고 있으니까. 그 끝에 제가 원하는 것을 엄마가 해주리란 것도 잘 알고 있었다. 이제 아이의 엄마는 아이를 혼내는 것도, 달래는 것도 포기할 것이다. 불현 듯 시샘이 일었다. 바닥에 등을 대고 누운 채 팔다리를 허공에 휘저어가며 떼를 쓰는 내가 눈앞에 그려졌다. 할 수만 있다면 내가 모르고 있는 것이 뭐냐고 묻고 싶었다. 아악, 아아악, 내가 풀어야 할 문제는 〈감자〉의 언어 영역 문제처럼 헷갈리기만 했다. 나는 떼를 쓰지도, 바닥에 등을 대고 눕지도 못했고, 아이 엄마는, 결국, 알았어. 엄마가 미안. 그러니까 그만 울자, 제발. 응? 아이가 눈물을 그치자 세계는 순식간에 조용해졌다. 그러나 내 머리통 안에서는 여전히 아이가 울고 있었다. 욕실 샤워기도 여전했다. 잊을만하면 물방울을 떨어뜨리며 존재감을 드러냈다. 공책 위로 새겨지는 글씨들 위로 사각 사각거리는 샤프 소리가 쉴 새 없이 꿈틀거렸다. 책상 아래로 떨고 있는 다리가 이따금씩 책상에 부딪칠 때면 몸 전체가 움찔거렸다. 이어폰으로 듣고 있던 학습용 화이트 노이즈는 더 이상 도움이 되지 않았다. 그것보다 다른 소리들이 훨씬 더 크고 시끄러웠다. 어쩌면 내가 화이트 노이즈보다는 다른 소리들에 더 집중하고 있다는 쪽이 더 맞는 말일지 몰랐다. 이어폰 너머로는 또 울음소리가 들렸다. 옆집 아이가 다시 울기 시작했다. 어쩌면 그건 환청일 지도 모른다. 어쨌거나 아이는 다시 울고 있다. 아악, 아아아악, 으아아아앙. 나는 손으로 두 귀를 틀어막은 채 열어뒀던 방문을 팔꿈치로 닫았다. 문득, 아래층의 그가 올라와 아이에게 시끄럽다고 해줬으면 좋겠다는 생각이 들었다. 우는 아이가 진짜 있긴 한 건지, 옆집에 누군가 살긴 하는지, 그런 건 중요치 않았다. 옆집에 아이가 없어도, 누군가 살지 않아도 그러면 당장 이 모든 상황을 끝내줄 수 있을 것 같았다. 자리로 돌아와 신경질적으로 책을 펴들었다. 숨이 넘어갈 듯 울어대는 아이 때문에 해야 할 공부를 끝마치지 못했다. 그도, 아이도 밤낮없이 나를 방해하고 있었다. 한 장. 두 장. 머리로 다른 생각을 하면서도 책장을 넘겼다. 글자는 하나도 눈에 들어오지 않았다. 점점 얼굴이 홧홧해졌고, 아이의 울음소리는 그만큼 더 커졌다. 방금까지 멎어있었던 것만 같던 모든 소리들이 나를 덮쳐왔다. 시계 초침은 쉬지 않고 움직였고, 수도꼭지에서는 여전히 물이 샜다. 냉장고는 큰 소음을 내며 냉기를 뿜었고, 그에 맞춰 내 다리도 빠르게 떨렸다. 손이 점점 빨라졌고 책장이 구겨지며 빠르게 넘어갔다. 울음소리 뒤로 아이 엄마의 고함소리가 이어졌다. 적당히 하고 정신 차려. 순식간에 모든 소음들이 사라졌다. 더 이상 그 어떤 소리도 들리지 않았다. 적당히 하고, 정신 차리라고 여자가 두 번째로 소리 질렀을 때, 초인종이 울렸다. 그가 온 것 같았다.

현관문을 열었을 때 그 앞에 서 있었던 사람은 그가 아니었다. 대신, 남색 유니폼을 입은 경비 아저씨가 그 문 앞을 지키고 서 있었다. 아저씨는 왼손으로 목을 긁적거리며 서성였고 살짝 충혈된 눈은 나를 마주보고 있지 않았다. 아저씨는 불안해 보인다기 보단 민망해 하는 것 같아 보였다. 두어 번 헛기침을 한 아저씨는 간신히 입을 열었다. 집에 학생 밖에 없나? 네. 아…… 밤중에 불쑥 찾아와서 이런 말하기 좀…… 오해하지 말고 들어. 307호 총각이 조용히 좀 해 달래. 경비 아저씨를 우리 집으로 보낸 건 다름 아닌 그였다. 조용히 해 달래, 그 말이 끝이 아니었는지 아저씨는 여전히 현관을 떠나지 못하다가, 아, 그러니까……. 내가 진짜, 30년 근무하는 동안 이런 경험은 또 처음인데. 그, 총각이 책 좀 살살 넘겨 달래, 학생. 네? 책장 넘기는 소리가 너무……. 아무튼 부탁 좀 할게, 학생. 이거야말로 상상도 하지 못했다. 책장 넘기는 소리가 시끄럽다니. 그 소리가 그렇게 컸던가. 조금 컸던 것도 같지만 그게 아랫집까지 들릴 정도는 아니었던 것 같은데. 멍하니 아저씨를 바라보자 아저씨는 가벼운 인사와 함께 손수 현관문을 닫아줬다. 곧 계단을 울리는 발소리가 조금씩 멀어져갔다. 문 너머로는 아무 소리도 들리지 않았다.

　새벽에 기절하듯 잠든 뒤 일어났을 때는 9시였다. 일어나자마자 전원을 켜 확인한 휴대폰에는 SNS 메시지가 여러 개 와 있었다. 학교를 다녔을 때 매일같이 어울려 다니던 친구였다. 오늘 학교에서 졸업앨범을 찍는다는 소식이었다. 신이 나 엉덩이를 씰룩거리는 복숭아 캐릭터와 함께 온 SNS 메시지 위로는 교복을 입은 애들끼리 웃으며 찍은 사진 세 장이 올라와 있었다. 사진을 저장한 뒤 다시 대화창으로 돌아오자 메시지가 하나 더 와 있었다.

잠깐 올래?

순식간에 물 속 깊이 끌려 내려간 듯 했다. 서둘러 휴대폰을 끄고 구석으로 밀어버렸다. 고3이다. 나도, 애들도. 사진 속에서 웃고 있던 애들의 얼굴이 하나하나 머릿속을 스쳤다. 언뜻 목소리가 들린 것도 같았다. 뱃속이 출렁거렸다. 잠깐 올래? 큰 의미를 두지 않고 쓴 말이었다. 잠깐 얼굴 좀 보자는 소리와 다를 것 없었다. 그러나 더 이상 교복을 입지 않고, 학교에 나가지 않는 내가 애들에게 어떻게 비춰질지 상상도 되지 않았다. 도망치듯 학교를 나와버린 나와 달리 애들은 여전히 즐거워 보였다. 단순히 나는 학교와 어울리지 않았을 뿐인데 그게 아주 큰 잘못이 된 것 같았다. 자퇴를 결정한 뒤로 선생님들에게 나는 부적응자였다. 자퇴하기 전 날까지도 나는 사회문화 선생님에게 이래서 나중에 사회생활 어떻게 할 거냐는 소리까지 들었으니. 그럼에도 학교에서는 여전히 내 이름이 불리는 것 같았다. 얼마 전에 친구가 SNS 메시지로 그런 말을 했다. 아직도 선생님들은 너 있는지 없는지 헷갈려 한다고 그리고 그때마다 애들이 너 자퇴했다고 하면 선생님들이 놀란다고 나는 거기 이미 존재하지 않았지만, 존재감은 멍하게 자리를 지킨 셈이다. 며칠 동안 잠을 제대로 자지 못했던 것에 대한 후폭풍이 지금에서야 몰려왔다. 몸과 분리된 머리가 공중에 혼자 떠 빙글빙글 돌아가고 있는 것 같았다. 그런 와중에도 나는 친구에게 할 핸드폰을 끈 변명거리를 생각하고 있었다. 오늘 아이는 울지 않았다. 들리는 소리라곤 물이 새는 소리와 시계 초침 소리뿐이었다. 사실 확실치 않았다. 멀리서 희미하게 아이 우는 소리가 들리는 것도 같았다. 귓가에선 자꾸만 친구들 목소리가 맴돌았다. 잠깐 올래? 애들이 웃고 있었다. 머릿속에서 옆집 아이는 크게 울음을 터뜨렸다. 그 모든 게 한 데 섞여 더 이상은 어떤 게 무슨 소리인지 구분도 되지 않았다. 애들의 목소리는 어쩌면 휴대폰에서 들리는 걸지도 모르겠다. 눈을 살짝 떠 휴대폰을 쳐다봤다. 휴대폰은 분명 먹먹하게 꺼진 채였다.

깜빡 잠이 들었다 깼을 때는 얼굴이 식은땀에 젖어 있었다. 이불이 땀에 젖어 축축했다. 몸살이라도 오려는지 주체 할 수 없을 만큼 몸이 떨렸다. 아침도 먹지 못했는데 시간은 벌써 10시, 약을 사러 가야 했다. 침대에서 몸을 일으켜 겉옷을 챙겨 입고 방에서 나와, 한 발자국 씩 움직일 때마다 발바닥이 방바닥에 끈적끈적 달라붙었다. 몸 구석구석이 진득진득했다. 내가 움직이며 내는 모든 소리들이 이미 먹먹해진 귀를 파고들었다. 현관문으로 걸어가는 그 짧은 시간 동안 나는 내심 어서 그가 찾아와주기를 바라고 있었다. 현관에 주저앉아 한쪽씩 차례로 운동화를 신었다. 빠르게 움직이는 초침 소리 덕에 마음이 급해졌다. 시간이 더 가기 전에 조금이라도 빨리 약을 사와 먹고 싶었다. 손을 쭉 뻗어 겨우 잡은 손잡이는 평소보다 차가웠다. 현관문의 잠금 장치를 해제하는 소리가, 달칵, 크게 울렸다. 녹슨 문은 기괴한 소리를 내며 열렸다. 박쥐 우는 소리 같기도 했고, 칠판 긁는 소리 같기도 한 날카로움이 귀 속 깊숙한 곳을 찔렀다. 외투의 주머니에 손을 넣어 뒤적이자 동그란 열쇠고리가 손가락 끝에 겨우 걸렸다. 열쇠를 열쇠구멍에 맞춰 돌리고 난 후 한 번 더 문단속을 했다. 그제야 나는 엘리베이터를 타기 위해 돌아설 수 있었다.

엘리베이터는 10층에 멈춰 있었다. 내가 간신히 버티고 서 있는 4층까지 내려오려면 꽤 시간이 걸릴 것 같았다. 빨간 불이 들어오는 화살표 버튼을 멍하니 바라보며 나는 엘리베이터가 내 발끝으로 툭 떨어지기만을 기다렸다. 손끝을 마주 비비며 엘리베이터 위를 올려다봤을 때, 작은 막대기로 이루어진 숫자는 천천히 줄어들고 있었다. 조금씩 초점이 흐려졌다. 눈을 꼭 감았다 뜨자 그제야 숫자가 제대로 보였다. 4층에 도착했음을 알리는 안내음이 철문 너머로 희미하게 들렸고, 멈춰 선 엘리베이터의 문이 천천히 열렸다. 아무도 타고 있지 않았다. 좌우 벽면에 붙은 거울 너머로 똑같이 생긴 내가 여러 명 줄을 서 있었다. 점점 작아지던 나는 결국에 저 멀리 어두운 곳에서 작은 점이 되었다. 그리고, 고개를 돌려 엘리베이터 안에 마련된 동 게시판으로 시선을 옮겼을 때, 그곳에는,

806호 아주머니가 1007호 아주머니에게 7시에 놀러오라는 내용을 쓴 포스트잇과, 반상회가 수요일 저녁 8시에 102호에서 열린다는 쪽지와, 베란다 밖으로 물건을 버리지 말라는 주의사항이 인쇄된 용지와, 그리고,

메모지 줄의 마지막, 그 끝에는 익숙한 포스트잇이, 그러니까, 분홍색 사과 모양의 포스트잇, 그 위로 정갈하게 쓰여 있는 글씨는 눈에 익은 것이었다. 나는 초점이 맞지 않는 눈으로 내용을 보기 위해 엘리베이터 벽으로 몸을 조금 더 숙였다. 희미하게 보이던 글자가 점차 선명해졌다.

407호 학생
의 모든 순간
앞으로 일어날
모든 일들
미안하지만
조용히 해 주세요
살살

그에게 내 존재가 들린다. 내가 숨쉬고, 열에 들뜨고, 열쇠를 돌리고, 어쩌면 무리에서 떨어져 나오는 순간조차도 그는 내 소리를 듣는다. 나는 무겁기 그지없는 몸이 되어 엘리베이터 안에서 휘청

거렸다. 나의 고막과 그의 고막 사이엔 연결되는 길이 있어서 우리는 같은 소리를 듣는지도 모른다. 아이가 생목을 쥐어짤 때 그도 시샘했을지 모른다. 그가 나타날 순간 억지로 찾아올 고요를 기대했던 소리조차 그에겐 부담이었을 것이다. 아이는 울음을 짜고, 나는 기대를 짜고, 아버지는 대답이 없다. 나는 그의 포스트잇을 떼어 손바닥 안에서 구겨버렸다. 바스락, 짧은 소음과 함께 그의 항의가 사라졌다. 1층에서 문이 열리자마자 나는 학교를 마지막으로 나오던 순간처럼 빠르게 엘리베이터에서 떠났다. 손안에 쥔 종이 뭉치가 점차 땀에 젖기 시작했다. 가슴이 뛰었다.

하얀색은

더럽다

Noting Heal : Color

누구나 태어날 때부터 어른이고, 부모가 아닐 테니까.

하얀색은 더럽다

임하늘

〈1〉

시끄럽게 울리는 자명종 소리에 나도 모르게 잠에서 깼다. 또 하루가 시작되었다. 찢어지게 하품을 한 번 하고는 어깻죽지를 조물거리며 밖으로 나갔다. 아무도 없다. 드라마에서 흔히 앞치마를 입고 분주히 아침밥을 준비하는 엄마의 모습은 내게 많이 낯설다. 익숙하게 주방에서 컵 하나를 꺼내 늘 먹던 아침대용식을 타 마신다. 컵에는 한참 어린 시절 찍었던 가족사진이 꼬질한 모습으로 붙어있다. 다섯 살이 되던 해, 그때 내가 처음이자 마지막으로 받았던 어린이날 선물이었다. 그리고 '물 한 컵에 한 스푼'이라 쓰인 아침대용식을 대충 휘휘 저어 마신다. 시계를 힐끗 보고 서둘러 끼니를 때운 뒤 아무렇게 놓인 책가방을 들고 집을 나섰다.

엄마, 아버지는 항상 바빴다. 그나마 엄마는 내가 초등학생 때까지 일을 쉬셨지만 얼마 전부터 원래 하시던 조그만 꽃집을 다시 열었다. 아버지는 이름만 대면 알 법한 공영방송사의 편집국장이셨다. 늘 올곧은 분이셨다. 서재엔 이름만 봐도 어려울 만한 책들이 가지런히 꽂혀 있었고 항상 잘 정돈된 책상에서 몇 시간이고 글을 쓰곤 하셨다. 옷은 자기를 보여주는 합리적인 수단이라며 나중에 어른이 되면 셔츠는 아르미니인지 마니인지 하는 브랜드를 입고, 넥타이는 더블노트로 매라고 하셨다. 내가 모르겠다는 표정을 하고 있으면 쯧 하고 혀를 한 번 차시곤, '그냥 자기를 가꾸는 건 중요하단 말이다.'라고 하셨다. 아버지와 엄마, 두 분은 사회에서 존경받고 동네에선 이웃들의 선망의 시선을 받는, 맑고 깨끗한 새하얀 도화지 같은 분들이셨다.

나는 사진을 참 좋아했다. 카메라를 처음 본 건 어렸을 적 한 달 동안 할아버지 집에서 지냈을 때였었다. 뷰파인더 사이로 들어오는 또 다른 세상은 완전히 날 매료시켰다. 마치 아버지의 시선으로부터 자유로워지는 느낌이랄까. 보통 처음에 전자식 카메라를 사용했지만 나는 필름카메라를 먼저 잡았었다. 그도 그럴 것이 내가 카메라를 처음 만진 그때, 할아버지의 카메라 선반에는 대부분이 필름 카메라였으니까. 필름 카메라가 '찰칵'하고 짧고 옹골찬 소리를 내며 손끝으로 전해주는 감각은 디지털카메라의 느낌보다 훨씬 짜릿했다. 내가 조막만 한 손으로 조물딱 거리고 있으니 그걸 본 할아버지가 조심스레 카메라 하나를 건네주셨었다. 펜탁스 mx, 80년대식 수동 카메라였는데 나는 무슨 생각이었는지 그때 지냈던 할아버지 집에서의 한 달 동안 밥 먹을 때조차 손에 내려놓는 일이 없었다. 잘 때조차 머리맡에 놓고 자다가 쿵하고 부딪혀 혹이 나기도 했었지만 계속 지녔다. 나중엔 곰인형 대신 카메라를 안고 잠들었다. 그리고 그 기억을 끝으로 대부분의 기억이 조각조각 희미하게 남아 있지만 한 달이 지나고 아버지가 나를 데리러 왔을 때, 내 손에 들려있던 카메라를 보고 짓던, 아버지의 경멸하는 표정은 아직도 생생하다.

아버지는 내가 카메라를 만지는 것 자체를 경멸하셨다. 이후에도 몇 번의 크고 작은 다툼이 있었다. 내가 할아버지 집에서 완전히 떠나, 초등학교를 졸업하고 중학교에 입학할 때쯤, 나는 꿈을 갖게 되었다.

'사진작가' 내가 세상에서 처음으로 두근거렸던 네 글자였다.

집을 나올 때 가져 나왔던 카메라를 처음엔 그저 당시 내 또래 애들의 실없는 소꿉놀이처럼 생각하시던 아버지는 점점 시간이 지나자 노골적으로 불편함을 드러내기 시작하셨다. 중학교에 입학한 뒤에도 나는 한참 카메라에 빠져 있었다. 그러던 어느 날이었다. 그날도 어김없이 카메라를 만지작 거리다 가장 좋아하던 DCM사의 신간호를 읽어보고 있는 중이었다. 이미 책꽂이에는 로버트 카파의 스페인 내전에서의 흑백사진을 담았던 사진집과 안셀 애덤스의 야릇하기도, 웅장하기도 한 자연사진을 담은 사진책, 그 밖에도 카르티에 브레송, 카쉬, 맥커리 등 내가 좋아하는 작가들의 사진첩이 빽빽이 꽂혀있었지만 대체 얼마나 읽고 또 읽었을지 모를 헤진 이 잡지 뭉치들은 여전히 내겐 빛나고 아름다운 것들이었다. 가만히 앉아 그들의 사진을 음미하고 있던 찰나, 벌컥 하고 문이 열렸다.

"경우, 이리 와보거라."

차갑고 낮은 목소리였다. 사진을 음미하던 소년의 싱그러운 미소는 금세 사라졌다. 가슴이 쿵쿵거리기 시작했다. 중학교로 넘어올 때 이미 몇 번의 다툼을 아버지와 했었고 (사실 다툼이라 해도 나는 무릎 꿇고 앉아 듣기만 했을 뿐이지만) 중학교로 넘어온 시점부터 아버지와 나 사이에도 언젠가부터 대부분 밥은 먹었나, 안녕히 주무셨습니까, 하는 미적지근한 인사가 대화의 전부였다. 아버지는 아마 이 모든 게 '그놈의 사진기' 때문이라 생각했을 게 틀림없다. 쿵쾅거리는 가슴을 애써 진정시킨 채 아버지 서재의 고리를 열었다. 아버지는 아무 말없이 서재 책상 맞은편 유리 앞에서 창 밖을 바라보고 있었다. 몇 분의 긴 침묵 이후에 아버지가 말을 했다.

"도대체 무슨 생각인 거냐?"

늘 그렇듯 내가 할 수 있는 대답은 하나였다.

"죄송해요."

"네 엄마는 너를 많이 걱정하신다. 나 또한 그렇고. 아직도 중요한 게 뭔지 모르겠느냐?"

잔뜩 기죽은 채로 우물거리며 대답을 했다. 큼직한 호두 두 알이 입 안에 들어있는 것 같았다.

"겨울에 미적분 특강, 내년 여름 제2 외국어 공인 능력시험 합격, 그리고 내신 5퍼센트 유지요……."

"또?"

아버지가 손톱을 노려보며 얘기했다.

"서울 수성고 입학이요……."

"그런데?"

아무 말도 할 수 없었다. 몇 초간의 정적이 흘렀다. 아버지가 창밖으로부터 눈을 떼고 의자에 앉으며 내게 시선을 돌렸다.

"못난 놈. 난 너를 이해할 수가 없다. 나는 입에 풀칠만 근근이 하며 살아가면서도 책을 놓지 않았다. 내가 네 때엔 하루라도 책을 못 볼까 불안했는데 너는 그 쓸데없는 장난질이나 하며 허송세월을 보내고 있구나."

"아버지, 저……."

"됐다. 네가 하는 말이 무슨 말이든 애당초 네가 내 뜻을 이해하리라고 생각하지 않았다. 너는 그냥 내가 하라는 대로 해라. 그리고 당장 네 할아버지 같은 시답잖은 장난감을 갖고 노는 건 관두는 게 좋을 거다."

아버지는 할아버지를 증오했다. 할아버지는 본인의 길을 끝까지 고집했다. 문제는 할아버지 인생에서는 본인 혼자만이 아니었다는 점이었다. 가사와 집안 경제 대부분은 고스란히 자연스레 얼마 전에 투병 중에 돌아가신 할머니의 몫이었다.

"어쨌든 난 너의 말을 들을 생각이 없다. 너는 세상을 모른다. 당장 주머니에 돈이 없어도 꿈이라는 말이 나올 것 같으냐? 어림없는 소리. 네 할아버지는 평생을 그렇게 비굴하게 살았다. 이제 곧 입학이 1년도 남지 않았다. 더 집중해라. 그리고 네 방에 있는 입시와 관계없는 쓸모없는 책들은 이제 모두 버려라."

"아빠!"

내가 깜짝 놀라 소리쳤다.

"시끄럽다. 네가 그렇게 인생을 낭비하는 걸 나는 아비로서 지켜볼 수 없다. 다 네가 잘 되길 바라는 마음에서 하는 얘기다. 아무튼 당장 카메라고 책이고 모두 다 가져오너라."

머리가 찡 울리고 속이 메스꺼워졌다. '내 모든 책과 카메라를 버리겠다고? 진심으로 하는 말인가? 대체 그딴 공부가 무슨 대수라고 이렇게 까지 하는 거지?' 가슴이 답답하고 뭐라고 소리라도 쳐보고 싶었지만 생각은 질서 없이 흩어져있기만 할 뿐 나는 아무 말도 할 수 없었다.

"그만 나가보거라."

아버지가 서재 불을 켜며 책상에 앉으며 말했다. 나는 아무런 대답 없이 문을 열었다. 방으로 오는 길이 유난히 멀었다. 방으로 들어온 뒤 불도 켜지 않은 채 침대에 누웠다. 길게 줄을 그리며 얼굴을 타고 내려왔다. 곧 눈물 줄기가 여러 갈래로 갈렸다. 눈물이 머리카락을 적시고, 곧 베개를 적셨다. 눈물 때문인지 새까만 방이 더 뿌옇게 보였다. 흐릿한 시야 너머로 비친 달이 외롭게 빛났다. 먹구름이 달을 가리고 있었다.

어느덧 나는 고등학생이 되었다. '그날' 이후로 나는 공부에 다시 매진했다. 내 카메라와 사진책을 지키기 위한 사투였다. 지독한 입시공부 중에도 아버지가 '수성고에 합격하면 카메라를 허락해준다'는 말은 내 마지막 원동력이었다. 그 결과는 나조차도 놀라웠다. 나는 바로 다음 학기, 모든 영역에서 만점은 물론 그다음 해에

치른 수성고 입학시험에서 300점 만점 중 297점, 전체 차석에 속
하는 성적으로 입학하게 된 것이었다. 합격 발표가 난 며칠 뒤, 내
책상에 30만원짜리 수표와 함께 편지봉투가 놓여있는 걸 발견했
다.

> 아들아. 네가 자랑스럽구나
> 네 엄마도, 나도 보람을 느낀다.
> 잘해줘서 고맙구나.
> 용돈도 올려놓았다. 친구하고 맛있는 거 사 먹거라.
> — 사랑하는 아버지가.

〈2〉

입학식이었다. '축 입학. 수성고 차석 김경우' 펄럭거리는 플래카
드가 영 거슬렸다. 저런 허울이 싫었다. 성적에 따라 가축처럼 등
급을 평가받는 일. 내가 누군지를 아는 데에 이름보다 성적 숫자가
더 중요해지는 일. 나는 다시 내 인생을 그것에 낭비하기 싫었다.
그래도 드디어 이제 나는 내가 하고 싶은 일을 할 수 있었다. 내
가 지금 느끼는 이 행복은 전국 명문 수성고 입학도, 차석으로서
받는 스포트라이트도 아니었다. 그저 다시 카메라를 잡을 수 있다
는 사실이었다.

받은 용돈도 이미 최대한으로 아껴서 다음에 살 새로운 기종을 생각하고 있는 중이었다. 완전히 성에 차는 기종은 아니었지만 나름 괜찮은 바디였다. 입문자나 중급자가 쓰기에 손색없는 성능이었다. 나는 이런저런 기분 좋은 고민에 한껏 들떠 있었다. 학교를 마치자마자 바로 집으로 가면 아버지와 엄마에게 내가 가고 싶은 진로에 대해 진지하게 말해볼 심산이었다. 내가 입시 준비하는 와중에 틈틈이 찍었던 풍경사진들도 함께 보여줄 생각이었다. 수업을 마치자마자 집으로 바삐 발걸음을 옮겼다. 도착한 뒤 밤까지 설레는 마음으로 아버지와 엄마를 기다렸다. 마침내 부모님이 퇴근을 하고 집으로 돌아오셨다. 버선발로 현관에 나가 인사를 했다.

"다녀오셨습니까."

"그래 아들, 공부 잘하고 있었느냐?"

"아들~ 우리 없이 입학식은 별일 없었고?"

부모님도 여느 때보다 들떠 보였다. 나도 들뜬 채로 말했다.

"네, 그것보다 일단 두 분께 드릴 말씀이 있어요. 보여줄 것도 있고"

"알겠다. 저녁 먹을 때 얘기하도록 하자."

아버지가 미소를 띤 채 얘기했다. 잠시 뒤 방에 기다리고 있으니 엄마의 목소리가 들렸다.

"아들, 밥 먹자!"

알겠다고 경쾌하게 대답한 뒤 주방으로 나갔다. 인기척 없이 싸늘하기만 하던 주방에 생기가 돋았다. 뚝배기에 찌개가 보글거리는 소리를 내며 끓고 있었다. 새콤해 보이는 김치와 갖가지 나물들이 윤기 있게 빛났다. 한참을 멍하니 보고 있으니 엄마가 말했다.

"아들, 오늘 입학식인데 엄마 아빠가 못 가서 미안해. 그래서 엄마가 오랜만에 힘 좀 써봤어."

"아니에요, 저 말고 다른 친구들도 있었는걸요. 괜찮아요."

하고 웃음을 지은 뒤 허겁지겁 먹기 시작했다.

"그런데 말하고 싶고 보여주고 싶은 게 뭐였느냐?"

아버지가 물어왔다.

"아차, 잠깐만요."

우물거리던 밥을 삼키고 방에 달려가 봉투를 조심스레 가져왔다. 아버지와 엄마는 서로 의아한 표정을 지었다가 이내 봉투로 시선을 돌리시더니 조심스레 열었다. 그 안엔 내가 가장 아끼는 사진 2장이 들어 있었다. 저걸 보면 틀림없이 부모님은 감탄하실 것이고, 그 때 사진학과를 진학할 내 꿈을 말할 생각이었다. 하지만 내 예상과는 다르게 아버지는 한동안 말이 없었다. 몇 시간 같던 몇 초간의 정적이 끝난 뒤 아버지가 입을 열었다.

"뭐냐 이게."

나는 적잖이 당황스러웠다. 아버지, 자신도 모르게 흘린 찌개 국물이 소매를 적셨다. 그걸 아는지 모르는지 아버지는 그저 무겁고 낮은 목소리로 말을 이어갔다.

"아직도 소꿉놀이 중인 거냐?"

"아버지… 그건 제가 제일……."

말을 채 끝내기도 전에 다시 아버지의 말이 귀에 찔리듯 아프게 들어왔다.

"실망스럽구나."

예상치 못한 반응에 어떤 표정을, 어떤 반응을 해야 할지 몰랐다. 그러다가 갑자기 반항심인지 억울함인지 모를 뜨거운 것이 속 안에서부터 치밀어 올라왔다.

"아버지, 아버지가 약속했잖아요. 수성고 입학하면 생각해주시겠다고. 저는 그 말만 믿고 열심히 해서 입학을 했는걸요. 그것도 차석으로……."

"그래. 그 점은 높이 사마. 잘했다. 하지만 너는 저런 할 일 없는 놈들이나 하는 그런 소꿉장난에 네 인생을 허비할 시간이 없다. 정신 차린 줄 알았더니 그대로구나."

그리고 덧붙인 말은 내 귀를 의심케 했다.

"로스쿨에 가라. 아버지 친구가 현재 로펌에 있다. 로스쿨 졸업 뒤 그 로펌에 들어가라. 잘 봐줄 거다."

몸이 떨렸다. 머릿속이 복잡해졌다. 내가 들고 온 사진은 어느새 식탁 변두리에 아무렇게나 버려져있었다. 귀가 벌게졌다. 머리가 어지러웠다. 로스쿨? 로펌? 어딘지도 모를 생소한 곳은 들어도 실감이 나지도, 내가 생각했던 오늘의 저녁 모습은 온데간데없고 아버지의 차가운 음성만 귓가에 맴돌았다. 내가 지키려 했던 것들, 내가 지키기 위해 버렸던 내 모든 것들이 스쳐 지나갔고 형용할 수 없는 온갖 마음들이 여러 번, 세차게 마음을 치고 지나갔다. 어깨가 들썩거리며 눈물이 나기 시작했다. 어머니의 손길이 닿았다. 안쓰러운 눈빛으로 등을 어루만졌다. 하지만 다 싫었다. 나를 속박하고 옥죄는 이 집안이 싫었다. 꿈이 없는 것도 아닌데, 꿈을 꿔도 그저 꿈으로 밖에 지나지 않을까 두려웠다. 모든 게 부서지는 느낌이었다. 감옥 같은 이 곳을 견딜 수 없었다.

"잘 먹었습니다."

짧은 말 뒤로 나는 자리를 박차고 내 방으로 성큼성큼 들어갔다.

"한심한 놈."

아버지 목소리가 멀리서 들려왔다. 행여 귀에 닿아버릴까 문을 재빨리 쾅 닫았다. 몇 년 전 그때가 기억에 스쳐 지나갔다. 나는 내 꿈을 지키지 못했다. 나는 누구도 믿을 수 없었다. 불 꺼진 방 안에서 홀로 방에 기대어 앉았다. 감정이 북받쳤다. 숨도 제대로 가눌 수가 없었다. 벌게진 눈을 하고 무릎 속에 고개를 파묻었다. 눈물로 축축해진 바지춤만큼 마음도 무겁게 가라앉는 듯했다. 내가 사랑하던 사람들에 대한 기대, 그리고 그만큼 사랑하던 나의 꿈. 모든 것이 부서지는 느낌이었다. 한 가지 생각이 스쳤다. 아침 까지만 해도 맑던 하늘이 먹구름을 가득 낀 채 축축하게 위를 덮고 있었다.

얼마나 시간이 지났을까, 벌떡 잠에서 깼다.

눈을 떠 손목에 시계를 보니 새벽이었다. 무릎을 안은 채로 그 대로 기절하듯 잠들어버려서 다리를 펼 수가 없었다. 힘겹게 몸을 일으켜 세우고 불을 켰다. 옆에 있는 거울에서 퉁퉁 부은 눈을 한

몰골을 한 내 모습이 비쳐 보였다. 아버지에게서는 저녁식사 이후로 아무 말도 없었다. 나는 가만히 앉아있다가 뭔가에 홀린 것처럼 옷장을 풀어헤치고 가장 큰 가방을 찾기 시작했다. '집을 나가겠어. 더 이상 필요 없어.' 그러다 다시 문득 스친 생각이 발목을 붙잡았다. '그런데 지금 새벽에 나간다고 뭐가 되지? 당장 잘 곳은? 밥은 어떻게 해 먹지?' 그러다 결정적으로, 내가 지키기 위해 했던 2년간의 사투가 물거품이 된 걸 생각하니 마음이 차갑고 날카롭게 날이 섰다. '아니, 어딜 가든 여기보다 나아. 진절머리 나는 이 집 안에 도저히 못 있겠어. 나가자.' 손은 빨라졌고 호흡은 거칠어졌다. 신경도 날카로워졌다. 평소 잘 들리지도 않던 거실의 냉장고 소리가 새삼스레 크게 들렸다. 그동안 모아뒀던 용돈과 휴대폰 그리고 나머지 짐들을 아무렇지 않게 서둘러 쑤셔 넣고는 가방을 신속하고, 조심스럽게 닫았다. 방문 앞에 서서 심호흡을 한 번 했다. '지금 이게 맞는 건가? 나 혹시 돌이킬 수 없는 일을 하는 게 아닐까?' 생각이 들기도 했지만 이내 고개를 세차게 가로저었다. 그리고 더 이상한 생각이 들기 전에 황급히 집을 박차고 나왔다. 집을 나온 뒤 누군가에게 잡힐세라 한참을 달렸다. 습기를 머금은 새벽 공기와 옅은 햇빛이 묘한 차분함과 긴장감을 동시에 담고 있었다. 금방이라도 비가 올 것 같은 스산한 날씨였다.

으……. 옅은 신음소리를 내뱉었다. 핸드폰을 열어 확인해보니 시간은 오전 11시를 나타내고 있었다. 전혀 쌀쌀한 계절이 아니었지만 집 밖은 다른 세계 마냥 추웠다. 간밤에 잠을 계속 설쳤다. 특히 지하철 땅바닥은 정말이지 허리가 당겼다. 말 그대로 돌 바닥이니 어련하겠나 싶었다. 세상에 얼마나 많은 내 또래가 이 차가운 돌바닥에 자보기나 했을까. 괜히 내 신세가 더 처량해 보여 눈물이 나올 것만 같았다. 더 이상 생각이 깊어지기 전에 다른 생각을 해야 했다. 눈을 돌려 환해지기 시작하는 지하철 안을 살폈다. 그런데 내 또래처럼 보이는 학생이 저 멀리서 걸어오고 있는 게 아닌가. 불과 하루 전만 해도 그 모습이었던 내가 새삼스럽게 느껴졌다. 그러다, 녀석이 갑자기 나를 향해 다가왔다. 그리곤 성큼성큼 내 쪽으로 오더니 말을 걸었다.

"마 니 뭐꼬? 와 자꾸 꼬라보노?"

나는 당황해서 뒤로 물러났다.

"요 콩만 한 새끼가 뭘 자꾸 야리노? 교복 입은 아 첨보나?"

내가 대답했다.

"미안하다 그런 거 아이다."

"니미 아니긴, 새끼야. 아침부터 짱나구로. 니 내가 딱 봐났다."

하고 물러서는 와중에 시선은 나를 아래위로 훑었다. 미간을 있는 대로 찌푸린 채 녀석이 돌아서서 갔다. 오만가지 생각이 다

들었다. 나를 기억하고 나중에 보복하면 어떡하지? 지금 가서 사과할까? 어떡…….

"마!"

화들짝 놀라 다시 쳐다봤다. '내가 잘못 봤나? 녀석 웃고 있다.'

"니 갱우아이가?"

아까까지만 해도 붉으락푸르락하던 녀석이 환한 얼굴로 이를 드러낸 채 웃고 있다.

"니 뭐라했노 방금?"

내가 동그래진 눈을 하고 다시 물었다.

"마 내 지환이다. 수성중 이지환"

"어어……!"

우린 누가 먼저랄 것도 없이 서로를 부둥켜안았다.

"마 니 우째 살았노?"

"내야 뭐 잘 살고 있었지."

가장 환한 얼굴로 웃으며 답했다. 지환이는 내 중학교 다닐 적 같이 지내던 친구인데, 솔직하게 나랑 비슷한 구석은 없었지만 신기하게도 가장 친하게 지내던 단짝 친구였다. 지환이는 소극적이던 나와는 다르게 싸움을 꽤 잘하는, 소위 말하는 일진이었고 녀석은 이런저런 말썽을 부리다 결국 작년에 인근 중학교로 강제전학을 가게 됐다. 그러던 녀석을 여기서 만나게 된 것이다. 내 앞에선 지환이가 갑자기 눈썹을 찡그린 채 아까보다 어두운 표정을 하며 물었다.

"근데 니는 이 시간에 여기 웬일이고?"

"아, 그게……."

나는 우물쭈물 얼버무렸다.

"뭐? 학교 늦었나?"

"어……."

하며 계속 뜸 들이고 있으니 다시 말을 가로채며 말했다.

"니 설마 가출했나?"

나는 질문을 듣자마자 고개를 푹 숙이고 말았다.

"히야, 오래 살다 볼 일이고 진짜 뭐 내야 내라 캐도 니가 가출을 할 줄은 꿈에도 몰랐네."

한동안 땅바닥만 쳐다보다 지환이가 말을 꺼냈다.

"니 잘 데는 있나? 없으면 일단 내랑 같이 갈래?"

평소 나라면 한사코 거절했겠지만 지금은 더운밥 찬밥 가릴 때가 아니었다. 선택의 여지가 없었다. 지환이를 따라 움직이기 시작했다. 하늘에서 비가 조금씩 내리기 시작했다. 그리고 그 잿빛 하늘이 꼭 내가 검게 상처 내버린 하얀 부모님 모습 같아 보였다.

지환의 집은 작고 아담한 독립주택이었다. 지환이가 말을 꺼냈다.

"잠만 있어봐라. 니 밥 안 뭇제? 내 라면 하나 끓여올게."

사실 어제부터 아무것도 먹지 못해 배가 미친 듯이 요동치고 있었다.

"어… 어."

나는 부정도 긍정도 아닌 목소리를 냈지만 나도 모르게 침을 꼴
깍 삼켰다. 이 상황에서도 배는 꼬르륵거렸다. 기다리는 동안 핸드
폰을 확인해보니 연락이 수도 없이 와있었다. '부재중 전화 23통,
문자메시지 4건' 나는 눈을 질끈 감았다. 정신이 너무 없었다. 하
루 안에 벌어진 일 치고는 내가 정리하기엔 벅찬 하루였다. 심호흡
을 한 뒤 밤새 온 연락들을 확인해봤다.

아버지.

약해빠진 놈. 어디냐? 이런다고
문제가 해결되리라곤 조금도 생각하지 말거라.

A.M. 1시 48분

아버지가 새벽에 화장실을 가는 길에 아무도 없는 내 방을 발견
하고 화가 난 채로 보낸 듯했다. 연달아 어머니의 문자도 확인했
다.

엄마.

경우야. 전화가 켜져있긴 하는데 연락이 안 되는구나.
엄마가 다 미안하다. 너무 걱정이 된다.
일단 이 연락을 보는 즉시 연락줘.
사랑한다 우리 아들.

A.M. 2시 20분.

아버지.

일단 연락하거라. 보는 즉시.

A.M. 2시 20분.

한동안 잠도 못 자고 계속 주방 의자에 앉아 걱정되는 마음으로 손톱을 물어뜯었을 엄마의 모습이 눈에 선했다. 엄마는 내가 학교에서 30분만 늦게 돌아와도 항상 걱정하시던 분이셨는데. 그런데 아버지의 연락은 조금 의외였다. 다음 문자에서 아버지의 말투는 조금 누그러져 있었다. 항상 엄하던 아버지에게서 처음 보는 모습이었다.

아버지.

경우야. 밤새 많은 생각을 해봤다.
돌아와서 같이 얘기한 번 해보자.
연락다오.

A.M. 5시 32분.

문자를 읽은 뒤 한참을 생각했다. 얘기? 무슨 얘기? 무슨 얘기를 하자는 거지? 말의 뉘앙스로 보니 분명 나쁜 느낌은 아닌데 아버지가 저런 말씀을 하다니. 아니. 혹시 나를 일단 돌아오게 하려는 차선책 같은 것을 만든 걸지도 몰라. 너무 낯설잖아. 저럴 리가 없을 거야. 저럴 리가.

"야 갱우."

갑자기 옆에서 훅 튀어나오는 지환이 모습에 화들짝 놀라서 핸드폰을 떨어트렸다.

"뭐 그래 놀라노?"

말하는 지환이의 시선이 핸드폰을 향했다.

"아, 연락오셨는갑네. 일단 밥부터 묵자"

"어…… 어…… 그래."

어제, 오늘 심장이 평소의 다섯 배는 더 뛴 것 같았다. 하루 종일 마라톤 선수처럼 어딘가를 세차게 쉴 새 없이 뛴 피로감을 느꼈다. 가볍게 후 하고 숨을 뱉은 뒤 정신을 차렸다. 평소에 입도 짧고 밥도 잘 먹지 않던 나였지만 식탁에 놓인 김이 모락모락 나는 라면을 보자마자 며칠 굶은 강아지처럼 침을 삼켰다. 라면 안에 탐스럽게 들어있는 달걀 노른자를 보자 더 이상은 참을 수가 없었다. 먹성 좋은 강아지가 사료통에 입을 박은 채 허겁지겁 삼키듯, 숨도 안 쉬고 라면을 비워냈다. 배가 차고 나자 그제야 정신이 들었다. 옆에서 안쓰럽게 지켜보는 지환이 모습이 들어왔다.

"고맙다……."

"고맙긴 무슨, 개안타. 근데 갱우 니 무슨 일이고? 솔직히 내 지금 마이 놀랐다. 니 같은 모범생 아니, 평생 말썽 안 직일 거 같은 애가 그 시간에 그기는 뭐한다고 있고, 가출은 어쩌다 한기고? 그리고 내 사실 얼마 전이라면 뭐 신경도 안 썼겠지만 내 지금은 좀 다르다. 니 얘기를 한 번 들어보고 싶다."

지환이와 나는 집 앞 어린이 놀이터에 나가 그네에 앉았다. 비바람이 을씨년스럽게 불었고, 어제 봤던 잿빛 하늘엔 어느새 새빨간 노을도 함께 음울하게 얼룩져 있었다. 나는 고개를 땅으로 숙인 뒤 한숨을 길게 토해냈다. 내 한숨을 꽉 채워 모두 토해냈지만 아직 여전히 그것의 몇 배는 되어 보이는 응어리들이 계속 남아 가슴속이 답답했다. 힘겹게 자초지종을 설명했다. 말하는 도중에 가슴속 응어리졌던 것들이 한 번에 쏟아져 나오니 나도 모르게 눈물이 났다. 내가 카메라를 좋아하게 됐던 첫 순간부터, 내가 중학교 때 그렇게 열심히 공부했던 이유까지. 내가 하고 싶었던 것, 내 꿈, 가출을 결심하게 된 이유, 그리고 내 아버지까지. 모든 얘기를 마치고 지환이를 보니 조용히 눈물을 훔치고 있었다. 그리고 지환이가 조심스럽게 입을 뗐다.

"갱우야. 울 아버지 돌아가셨데이." 말하는 지환의 입술이 떨리고 있었다.

"아버지…… 우리 아버지 존나게 고생 많이 하셨데이. 근데 니네 아버지도 어렸을 적에 밥도 못 드시고 죽으로만 겨우 끼니 때워 드시고 살았다매?"

누군가의 입에서 아버지에 대해 얘기가 나오긴 처음이었다. 느낌이 이상했다. 낯설었다. 항상 아버지였던 사람이 한 남자로 보였다. 세상의 모든 아버지가 태어났을 때부터 아버지는 아니었을 것이다. 가장이 되기 전의 한 남자. 그리고 그 한 남자가 가정을 가지며 책임져야 했을 것들. 지키기 위해 강해져야만 했던 부분들.

"우리 아버지도 그렇다. 우리 아버지…… 평생 고생만 하시다가…… 공사장, 운송업, 승하차 일 이렇게 하는 일 안 하는 일 없이 이것저것 싸그리 다 뼈빠지게 다 하시면서 갈 때까지 고생하시다가 돌아가셨다이가."

지환이의 끝말이 사무치는 감정에 섞여 거의 사무치듯 말했다. 눈물만 훔치던 지환이는 한 손으로 겨우 그녀만 잡은 채 가까스로 울음을 참아내고 있었다.

"우리 아버지는 맨날 그랬었거든…… 내 절대로 니한테 이 가난 안 물려준다고. 근데 진짜 니네 아버지도 꼭 우리 아버지 같아 보이네. 니네 아버지한테 혹시 물어본 적 있나? 어렸을 때 꿈이 뭐냐고. 우리 아버지는 전투기 조종사가 되고 싶었단다. 가기 전까지 말했었는데… 솔직히 우리들 아버지들도 꿈이 없었겠나?"

더 이상 지환은 말하지 않았다. 고개를 무릎에 파묻고 어린아이처럼 엉엉 울고 있었다. 반면 나는 슬프기보다 머리를 어디에 쾅 세게 얻어맞은 것 같았다. 아버지한테 꿈이 있었다고? 처음 해보는 생각이었다. 태어날 때부터 엄마는 엄마였고 아버지는 아버지였다. 특히 아버지는 마치 바늘로 찔러도 피 한 방울 안 나올 것 같은, 그런 남자였다. 그런 아버지에게도 꿈으로 가득 찬 그런 시절이 있었다고? 한 번도 생각해보지 못한 일이었다. 그러나 생각을 해볼수록 인정하지 않을 수 없었다. 누구나 태어날 때부터 어른이고, 부모가 아닐 테니까. 누구나 어른이 되기 전 그런 시절이 있으니까. 아버지는 처음 태어났을 때부터 편집국장이 되고 싶었던 걸까? 매번 집에 늦게 들어오시며 서재에서 신문을 보다 스탠드 불을 끄는 것도 잊은 채 잠들어버리셨던 모습, 중학교 때 우연히 읽은 '한 번쯤은 엄마가 아닌 자유로웠던 그 때로……' 라고 적혀있던 엄마의 일기장, 그렇게 나를 위해 꿈을 버린 한 남자, 그리고 한 여자의 인생. 아버지의 돈 얘기가 다르게 이해되기 시작했다. 그리고 아버지가 늘 했던 얘기들도 다시 생각되기 시작했다. 시야가 뿌애졌다. 갑자기 눈물이 뚝뚝 떨어지기 시작했다. 소매로 눈물을 훔치며 서럽게 울기 시작했다.

〈4〉

"갈게."

나는 집 앞에 서서 지환이를 바라보며 얘기했다. 나는 힘겹게 집으로 돌아가기로 마음을 먹었다.

"새끼, 첨엔 땅만 보고 얘기하는지 알았더만 눈도 마주칠 줄 아네."

지환이가 씩 웃으며 얘기했다.

"고맙다. 진짜 이 은혜는 꼭 갚을게."

우느라 얼얼해진 코를 쓱쓱 닦으며 얘기했다.

"은혜는 무슨. 사실 처음에 니 만났을 때부터 뭔가 이유가 있어 보이드라. 내도 아버지 돌아가신 지 얼마 안 돼가꼬, 그런 일이 이젠 남일 같지가 않드라. 아무튼, 어서 가봐라. 잘못했으면 어서 가서 디지게 맞고 '잘못했습니다' 해야제."

"그래…… 진짜 가볼게. 내 또 연락할게."

지환의 집을 등 뒤로 하고 발걸음을 옮겼다. 장난 삼아한 말이 겠지만 '디지게 맞아야지'하는 말과 지환의 입이 계속 머릿속에서 반복됐다. 입술을 꽉 깨물었다. '큰일이다…….' 머릿속으로 느끼는 아버지는 이제 이해가 되긴 했지만 여전히 몸으로 느끼는 아버지는 어렵고 무서운 존재였다. 엄마는 나를 보듬어줄 것 같았다. 그렇지만 아버지는 생각만 해도 너무 무서웠다. 한 걸음 한 걸음 내딛는 발걸음이 천근만근 무겁게 느껴졌다. 어제와 같은 하늘이었다. 무겁고 짙은 구름이 해를 금방이라도 삼킬 듯 땅 위를 메우고 있었다.

어둑어둑하게 해가 질 때가 되어서야 집 앞에 도착했다. 집 앞에 오는 데까지 느껴진 시간은 평소의 몇 배는 더 걸린 것 같았다. 그리고 막상 집 앞에 도착하긴 했어도 현관문을 열 용기가 나지 않았다. 집 앞에서 한참을 뱅글뱅글 돌다가 결국 집 옆 계단에 털썩 주저앉았다. '하…….' 한숨이 절로 나왔다. 불안한 듯 혼잣말을 중얼거렸다. 집 밖을 나올 땐 대체 어떤 용기로 나왔는지 궁금해졌다. 머릿속이 지끈거렸다. 이틀 동안 잠도 제대로 못 자서 몸도 마음도 너무 지쳐있었다. 깊은 숨을 한 번 더 뱉었다. 손으로 무릎을 짚은 뒤 벌떡 일어났다. 두 손으로 양 볼을 탁탁 쳤다. 마음을 단단히 먹었다. '내가 잘못한 일이니 엄마에게든 아버지에게든 혼나는 건 당연한 거다. 회초리를 맞든 어떤 훈계를 받든 좋지만 내

방의 모든 사진들과 카메라, 그것만큼은…….' 갑자기 사진 생각을 하려니 목이 턱 막혔다. 하지만 어쩔 수 없었다. 내 잘못은 부모님께 정당화될 수 없었다. 어렵지만 도리가 없었다. 사진기와 내 사진책들을 다 어딘가에 팔아넘긴다 해도 할 수 없다. 나는 한 번 더 숨을 짧고 굵게 혹 하고 내뱉은 다음 집 앞으로 걸음을 한 발짝 한 발짝 옮겼다. 어느덧 집 앞에 도착했다. 온몸이 덜덜 떨렸다. 눌렀다. '띵동'

"누구세요!"

엄마가 소리치며 나왔다. 반갑기도, 무섭기도 한 미묘한 감정이 그 찰나의 순간에 정신없이 교차했다. 몸은 더 떨기 시작했다. 양팔을 허리춤에 꽉 붙인 채 주먹을 살짝 쥐었다. '철컥' 익숙한 문소리와 함께 특유의 우리 집 냄새가 코끝에 스쳤다. 눈을 질끈 감았다. 익숙한 촉감이 얼굴에 느껴졌다. 엄마는 나를 보자마자 볼을 만지며 엉엉 울었다. 그런 엄마를 옆에 두고 나는 어색한 모습으로 가만히 있었다. 정답이 있다면 지금 어떤 모습으로 있어야 하는지, 어떤 표정을 지어야 하는지 알고 싶었다. 엄마는 그저 아무 말씀을 하지 않으신 채 내 이름만 연신 부르며 나를 끌어안은 채 울었다. 나는 고개를 숙여 엄마를 초점 없이 바라볼 뿐이었다.

"경우."

낮고 강한 목소리, 아버지의 목소리였다. 나도 모르게 어깨를 움찔거렸다. 그리고 천천히, 아주 천천히 고개를 서서히 들었다. 시선이 아버지의 발끝부터 배, 그리고 가슴으로 서서히 올라갔다. 아버지의 소매에는 그때 흘린 찌개국물이 그대로 묻어 있었다. 옷도 갈아입지 않고 뜬눈으로 밤을 보내셨던 것 같다. 그리고 마침내 본 아버지의 얼굴에는 아무 표정도 없었다. 많은 생각이 교차했다. 다짐에 다짐을 하고 왔지만 막상 보는 아버지 모습은 어떤 사람보다 무서웠다. 드디어 아버지의 눈과 마주치자 아버지가 말씀했다.

"이따 자고 일어나서 목욕 갈래?"

내 귀를 의심했다.

"네?"

다시 여쭤봤다. 그러자 아버지가 다시 말했다.

"아버지랑 같이 목욕 가자구."

〈5〉

아버지, 엄마는 아무 말도 하지 않았다. 그리고 이해할 수 없을 만큼 근사한 저녁을 먹고 씻은 뒤 제일 익숙한 내 방 안으로 들어왔다. 나는 침대에 누워 계속 말을 읊조렸다. '목욕… 목욕…' 아, 하고 갑자기 머릿속으로 무언가가 번뜩 스쳐 지나갔다. 사실 아버지와 나는 매주 목욕을 갔었다. 목욕은 우리 부자의 유일한 소통의 장이었다. 서로 같은 공간, 벌거벗은 남자 둘의 묘한 동질감 때문인지 말수 없던 아버지도 목욕에 가시면 자주 내게 이것저것 물어보기도 했었고, 나도 아버지를 따라 이것저것 대답을 해주기도 했다. 그러다 내가 중학교에 들어오고 카메라에 빠져 아버지와 멀어지며 자연스레 목욕과도 멀어지게 되었는데, 그래도 목욕탕은 여전히 우리 부자에겐 오묘하지만 친숙한 곳이었다.

다음날 아침에 일어난 뒤 어색하게 밖으로 나왔다. 엄마는 여느 때처럼 밥을 짓고 있었고 아버지는 서재에서 책을 보고 있었다. 다음날이 주말이라 다행히 잠은 푹 자서 이때까지의 피로들은 다 씻겨나갔다.

"아들 일어났어?"

엄마가 나를 보자 몇 년만에 본 듯 다정하게 인사를 해줬다. 마음이 쓰라렸다. 아버지께 다가가서 인사를 드렸다. 그러자 여느 때와 다르게 아버지는 보시던 책을 접으시곤 알 수 없는 미소를 지으며 주방으로 향했다. 입으로 들어가는지 코로 들어가는지 모르게 밥을 먹었다. 밥을 다 먹고 나자 아버지가 말했다.

"밥 다 먹고 목욕 가자, 아들."

나는 분명 내가 저질렀던 나쁜 일들을 알고 있었지만 그래도 미처 참지 못한 웃음이 피식 새어 나왔다. 초등학교 이후로 쓴 적이 없어 어느새 엄마의 샤워용품으로 가득 차 버린, 색 바랜 목욕바구니를 들고 왔다.

아버지와 나는 목욕탕에 도착했다. 몇 년 만에 오는 것이었지만 목욕탕은 그대로였다. 아버지께 수영을 배웠던 냉탕, 아버지가 때를 불려야 한다고 5분이 지나서야 비로소 나올 수 있었던 온탕, 그리고 항상 아버지와 들어가서 얘기 나누던 사우나. 아버지와 모처럼 단둘이 사우나에 앉았다. 아버지가 말했다.

"경우야. 아비는 니가 잘되길 바라는 너를 가장 사랑하는 사람 중 한 명이다."

갑작스러운 고백에 어쩔 줄 몰라했지만 그래도 좋았다. 이 느낌이었다. 항상 여기서 아버지에게 고민을 털어놓곤 했었다. 그리고 아버지는 내가 한 번도 듣지 못했던 얘기를 털어놓았다.

"아버지는 어렸을 때 할아버지가 너무 미웠어. 할아버진 우리를 돌보지 않았지. 카메라에만 집중할 뿐이었어."

아버지는 한 번 숨을 고르고 다시 말했다.

"내겐 카메라는 어쩌면 네가 생각하는 것 이상으로 피하고 싶은 존재일 수도 있단다."

한동안 정적이 흘렀다. 아버지에게 카메라의 의미를 생각한 적 없었다. 내가 가장 사랑하는 존재가 남에겐 가장 피하고 싶은 존재일 수도 있구나 하는 생각이 들었다. 그리고 아버지가 다시 말을 이어나갔다.

"나는 모두를 먹여 살려야 했어. 나는 꿈이 없었어. 내 동생들, 그리고 내 집안이 무너지지 않도록 돌보는 것 그게 내 유일한 꿈이었어. 나는 그저 열심히 공부해서 직장을 가져야 했지. 내가 꿈을 가지면, 그건 곧 우리 집안이 당장 내일 거리로 나앉는다는 의미였단다. 강해져야 했고, 억척같이 살아야 했어. 매 순간이 전쟁이고 매번 책임감이 달린 무거운 문제들이었어. 나는 돈이 전부였다. 그래서 나는 너를 이해할 수가 없었다."

잠시 후 아버지가 말했다.

"그런데 다시 생각해 봐야겠다."

나는 동그랗게 뜬 눈으로 아버지를 쳐다봤다.

"경우야, 난 네가 말하는 사진이 나는 치기 어린 장난인 줄 알았다. 하지만 생각해보니 그런 건 아닌 것 같더구나. 나도 이해를 못한 거지. 너와 다시 얘기를 나눠보고 싶다 아들아."

처음 카메라를 잡았을 때 나를 경멸하던 눈으로 쳐다보던 아버지였다. 내 사진책과 카메라를 모두 증오하던 아버지였다. 나를 원하지 않던 삶에 가두려는 아버지였다. 우리는 서투르지만 서로를 이해하기 시작했다. 아버지가 나를 그렇게 볼 수밖에 없었던 이유, 내가 아버지를 그렇게 생각할 수밖에 없었던 이유, 그래서 내가 부모님께 줬던 상처들. 우리는 그 대화를 마지막으로 사우나에서도, 같이 오랜만에 등을 밀어주던 그때조차도 아무 말도 하지 않았다. 하지만 나오면서 바라본 그 하늘은 언제 잿빛이었던지도 모르게 맑고 하얗게 개어 있었다.

노팅 힐 : 색

초판 1쇄 2018년 8월 31일

지은이 | 강예원, 김나윤, 남우담, 윤현지, 임하늘, 최현준, 황유라

펴낸곳 | 한국전자도서출판
발행인 | 고민정
주 소 | 서울특별시 중구 을지로 14길 20, 5층 출판그룹 한국전자도서출판
홈페이지 | www.koreaebooks.com
이메일 | contact@koreaebooks.com
전 화 | 1600-2591
팩 스 | 0507-517-0001
원고투고 | edit@koreaebooks.com
출판등록 | 제2017-000047호

ISBN   979-11-86799-24-6 (03810)

© 2018 부산외국어대학교

기 획 부산외국어대학교 파이데이아 아카데미아 사업단
저 자 강예원, 김나윤, 남우담, 윤현지, 임하늘, 최현준, 황유라

이 책은 한국연구재단 지방대학특성화사업(CK-1)의 지원을 받아 출판하는 도서입니다.